Für Diane und Mirjam

Valerie Gerards

Mutter kommt

Roman

Bibliografische Information der Deutschen National-bibliothek:
Die Deutsche Nationalbibliothek verzeichnet diese Publikation in der Deutschen Nationalbibliografie; detaillierte bibliografische Daten sind im Internet über http://dnb.dnb.de abrufbar.

© *2017 Valerie Gerards*

Illustration: Victor Zalstol´skiy

Herstellung und Verlag: BoD – Books on Demand, Norderstedt

ISBN: 9783743178182

Eins

Keuchend schlug Sophie die Augen auf. Es war noch mitten in der Nacht, aber sie war mit einem Schlag hellwach. Ihr Herz raste. Das kam mit Sicherheit von der zweiten Flasche Rotwein, die sie gestern Abend noch geleert hatte. Die Enge in ihrer Brust und die Schweißtropfen auf der Stirn rührten aber nicht vom Alkohol.

Sie versuchte, ruhiger zu atmen und knipste die kleine Lampe an ihrer Seite des Ehebettes an. Sie sah die vertraute kleine Nachttischlampe, das Tischchen, die hellgrau gestrichenen Wände, die weißen, schweren Baumwollvorhänge und die vor schmutziger Wäsche überquellenden, geöffneten Reisetaschen vor dem Kleiderschrank. Jetzt, im Schein der Nachttischlampe kam ihr alles nur noch halb so bedrohlich vor. Hannes schlief ruhig atmend neben ihr.

Sie deckte sich halb auf und schaute an sich herunter. Ihre Hände waren nicht blutverschmiert, und das lange Küchenmesser war auch nirgends zu sehen. Es ist nur ein Traum gewesen. Das war sowieso lächerlich, die eigenen Eltern. Niemals würde sie so etwas tun. Nie. Dennoch hatte ihr der Traum eine Heidenangst eingejagt. Sie setzte sich am Bettrand auf und stellte die Füße auf das weiche Schaffell, das auf dem Fußboden lag. Einen Moment wankte sie leicht, der Alkohol rauschte noch immer durch ihre Adern. Sie ging an den Reisetaschen voll Dreckwäsche vorbei in den Flur, die Treppe hinab und in die Küche.

Sie würde die Situation endlich in die Hand nehmen, und zwar jetzt gleich.

Wann genau hatten die nagenden Sorgen eigentlich angefangen, die sie täglich plagten? Das war wohl ungefähr vor fünf Jahren, seit sie an den Bodensee gezogen waren. Seither hatte Sophie das Gefühl, sich um ihre Eltern kümmern zu müssen, und nicht mehr umgekehrt. Doch anstatt ihre Sorgen zu würdigen, lächelten sie darüber. Ungerecht war das! Sie wusste, dass sie recht hatte, aber vor allem tat es weh, weil sie es nur gut meinte. Sie konnte sich wirklich eine gestandene Frau nennen, war recht solide, fast ein wenig konservativ, geworden und hatte es sich in ihrem Familienleben schön eingerichtet; sie war erfolgreich als selbständige Grafikerin, hatte zwei gesunde Kinder, einen gut gelaunten Ehemann und ein geräumiges Haus. Es war ein Reihenhaus - rechts die Küche mit angrenzendem Ess- und Wohnzimmer, auf der anderen Seite des Flurs das Gästeklo mit Fenster Richtung Hauseingang - spießig, fand sogar Sophie, aber ein Freistehendes konnten sie sich nun mal nicht leisten.

Sie liebte ihre Eltern über alles, erinnerte sich an eine fröhliche Kindheit und war nun umso mehr enttäuscht, dass es diese Nähe nicht mehr gab.

Die Kluft zwischen ihnen wurde durch die Entfernung immer größer. Die wenigen Besuche, die sie jedes Jahr unternahmen, waren stressig und viel zu kurz. Es blieb kaum Zeit für tiefgreifende Gespräche. Wenn sie nach langer Fahrt freitags am späten Abend bei ihren Eltern ankamen, waren Veronika und Gerd schon müde. Am Samstag drehte sich alles um die Enkelkinder, am Sonntag war schon Abreisetag. Um eine tiefe

Bindung zu ihren Großeltern zu haben, war das für die Kinder einfach zu wenig, was Sophie traurig machte. Ihren Sohn Jan ließ sie regelmäßig Fotos anschauen, damit er zwischendurch nicht vergaß, wie seine Großeltern aussahen. Und eigentlich wünschte sich Sophie, dass ihre Eltern sie jetzt als Erwachsene noch ebenso verstehen würden wie in ihrer Kindheit. Stattdessen fühlte sie sich von ihnen oft unverstanden. Kurz angebunden war Veronika auch noch, wenn Sophie anrief. So, als wäre sie gerade mit wichtigeren Dingen beschäftigt. Wichtiger als Sophie!

Vielleicht aber hatte die geistige Abwesenheit ihrer Mutter am Telefon gravierendere Gründe als Desinteresse. Konnte sie den Gesprächen vielleicht nicht mehr so gut folgen? Das hatte Sophie damals bei ihrer Großmutter so erlebt, die immer schnell auflegen wollte, damit nicht auffiel, dass sie damit überfordert war, ein längeres Gespräch zu führen. Ihre Sorgen kreisten täglich um ihre Eltern, die sie allein in Gütersloh zurückgelassen hatte. Ihr war natürlich bewusst, dass sie sie nicht wirklich zurückgelassen hatte, die zwei waren ja keine kleinen Kinder. Doch sie glaubte schon, eine leichte Senilität an ihnen zu bemerken. Da konnte alles mögliche passieren, beim Autofahren, beim Gardinen abhängen, an der Brotmaschine ... Dieses Gedankenkarussell drehte sich seit Jahren unaufhaltsam in ihrem Kopf, ohne dass sie es zu stoppen vermochte. Veronika und Gerd Köhler versauerten in Holsretüg, so nannte sie noch immer ihre Heimatstadt, seit sie als Kind das Rückwärtssprechen entdeckt hatte. Gütersloh lag in Anbetracht von Sophies Ängsten viel zu weit entfernt. Was, wenn ihre Eltern bald schon Hilfe brauchen würden? Früher oder später würde es so kommen, davon war Sophie überzeugt. Die Arbeit würde am Ende mal wieder an ihr hängen bleiben, das war unvermeidlich. Auf Claire, ihre kleine Schwester, konnte sie sich nicht verlassen. Miss Twohundredtwenty war grundsätzlich unbekümmert und überließ ihrer großen Schwester gern die Verantwortung; obwohl sie kinderlos war und deshalb eigentlich viel mehr Zeit hätte, sich um die Eltern zu kümmern. Sie war wütend auf Claire, doch sie konnte ihr kaum vorwerfen, keine Mutter zu sein und den lieben langen Tag zu tun, was sie wollte. Sie brauchte lediglich ihre Rückendeckung für ihr Vorhaben. Und auch von ihrem Mann. Sie würde alle Unterstützung brauchen, die sie bekommen konnte, um ihre Eltern endlich zur Vernunft zu bringen.

„Warum machst Du Dir Sorgen um anderer Leute Probleme?", fragte Hannes. Er lag halb heruntergerutscht auf dem Sofa, die Beine über den Couchtisch gelegt, zupfte mit einer Hand an der Gitarre, die in seinem Arm lag, während Sophie sich an den anderen freien Arm kuschelte.

„Das sind keine Leute, das sind meine Eltern. Was ist, wenn sie alt werden? Falsche Frage, alle werden alt! Sie werden demnächst ganz sicher Unterstützung brauchen, es muss sich jemand um sie kümmern. Wie stellst Du Dir das vor, sollen sie dann ganz allein in Gütersloh hocken und zweimal am Tag kommt ´ne Pflegerin vorbei? Oder stecken wir sie ins Altersheim?"

„Keine Ahnung, sag Du´s mir."

„Es ist doch schon jetzt nervig, sie übers Wochenende zu besuchen. Was sie aber trotzdem regelmäßig einfordern", erklärte Sophie, zog ihr Haargummi aus den Haaren, entfernte ihre langen, goldenen Ohrringe und steckte alles zusammen in die Tasche ihrer Jogginghose, um die bequeme Position nicht verändern zu müssen. Noch unsinniger waren diese Fahrten, seit auch Claire nach Süddeutschland gezogen war und bei jedem Besuch die gleiche weite Reise auf sich nehmen musste.

„Warum holen wir sie nicht einfach hierher, anstatt mehrmals im Jahr zu ihnen zu fahren?"

„Klar wäre es praktischer, wenn sie in unserer Nähe wohnen würden. Du musst sie halt davon überzeugen, dass sie ihr Haus verkaufen. Nur, warum sollten sie das auf einmal wollen?", meinte Hannes. Sophie seufzte. Dieses Thema hatten sie schon zig Mal durchgekaut. Gerd und Veronika wiesen jeden Gedanken an ihren Alterungsprozess vehement von der Hand. Sie blieben stur bei der Auffassung, dass sie niemals die Hilfe ihrer Kinder brauchen würden, sondern bis zum Schluss topfit sein werden und eines Tages, ganz ohne Hilfe, einfach tot umfallen.

Sophie hatte da ihre Zweifel. Alle alten Leute, die sie gekannt hatte, waren nur fast bis zum Schluss topfit. Die letzten Jahre ihres Lebens brauchten sie zuerst nur Hilfe beim Einkaufen, dann beim Haushalt und später bei nahezu allen Dingen des Lebens.

„Ich starte nur noch einen Versuch, und Miss Twohundredtwenty soll dieses Mal mit ihnen reden. Wenn sie dann wirklich in Gütersloh bleiben wollen, sollen sie doch! Aber dann sage ich ihnen ganz klar, dass ich raus aus der Verantwortung will und Claire später den Altensitter machen kann. Das will ich dann schriftlich haben."

Auf Claire war ausnahmsweise Verlass. Sie brachte den Eltern überaus liebreizend bei, dass sie entweder zu Sophie an den Bodensee oder zu ihr nach Tuttlingen ziehen sollten. Diese Entscheidung dulde keinen Aufschub mehr. Das Haus der Eltern erklärte sie wortreich für viel zu groß, seit sie und Sophie ausgezogen waren.

Als Claire erkannte, dass sie ihre Eltern am Haken hatte, lenkte sie sie in die richtige Richtung.

„Ob Ihr zu mir oder zu Sophie wollt, entscheidet Ihr. Am Bodensee ist es wärmer, der Frühling beginnt etwa drei Wochen früher. In Tuttlingen kann man im Sommer zwar fantastisch an der Donau sitzen und Wein trinken, aber der Winter geht von Oktober bis Ostern." Sie wusste, wie sehr Veronika und Gerd die Wärme liebten, und Claire hatte wirklich keine Lust, ihnen täglich in der Stadt über den Weg zu laufen. Sie setzte bei ihren Eltern die charmante Überzeugungskraft ein, über die sie schon als Baby verfügt hatte. Und tatsächlich willigten sie ein, über einen Umzug nachzudenken.

So sehr Sophie sich über Claires Erfolg freute, das Einlenken der Eltern versetzte ihr einen Stich: Entweder sie hörten wesentlich mehr auf ihre Schwester als auf sie, was einer Ohrfeige gleich kam nach all den Gesprächen, die sie über dieses Thema bereits geführt hatte. Oder es war das schöne, warme Klima, das sie anzog, anstatt Sophie und die Enkelkinder; ein egoistischer Grund, der ganz gut zu ihren Eltern passen würde. Sie wollten immer schon gern im Süden wohnen, am liebsten am Meer. Sophie konnte ihnen zwar nur das Schwäbische Meer bieten, fand das aber für den

Anfang auch nicht schlecht. Wenn es nebelig war und man das gegenüberliegende Schweizer Ufer nicht sehen konnte, sah es mit etwas Fantasie fast wie am Meer aus.

„Vielleicht hatten Veronika und Gerd auch direktemang die Nase voll von Holsretüg", meinte Hannes, „aber eigentlich ist es doch völlig egal, Hauptsache, sie haben Ja gesagt." Sophie nickte, doch in Wahrheit war es ihr ganz und gar nicht egal. Miss Twohundredtwenty war eben das Lieblingskind, sie war noch immer genau so ein Sonnenschein wie damals im Kindergarten. Kein Wunder, wenn man so unbekümmert war wie sie, hatte man viel mehr zu lachen. Aber Sophie hätte sich gewünscht, die Entscheidung der Eltern hätte wenigstens ein kleines bisschen mit ihr zu tun gehabt.

Veronika und Gerd Köhler hatten in der Tat sehr gute Gründe, zu ihrer Tochter an den Bodensee zu ziehen. Geheime, beschämende, infame Gründe. Und wenn sie auch nicht von Gütersloh die Nase voll hatten, so doch zumindest von ihren neugierigen Nachbarn, den Köttermeiers. Gerd und Veronika erzählten jedes Mal, wie sehr sie sich von diesen unangenehmen Leuten beobachtet und kontrolliert fühlten. Für Sophie waren Köttermeiers harmlose Gardinengucker, doch ihre Mutter echauffierte sich regelmäßig über dieses Ausspionieren. Über den Grund dieser Feindseligkeit kursierte in der Familie eine Geschichte: Ganz am Anfang, als die Köhlers gerade eingezogen waren, Claire noch ein Baby war und Sophie gerade im Grundschulalter, hatten sie die Köttermeiers häufiger besucht. Köhlers und Köttermeiers haben abends zusammengesessen, Karten gespielt und am Wochenende sogar gemeinsam gegrillt. Gerd und der Köttermeier hatten ein großes gemeinsames Thema: Geld. Veronika und die Köttermeier haben am Sekt genippt, bis Gerd später am Abend die Flasche mit dem teuren Whisky rausholte.

Eines Abends hatte ihre Mutter eine ihrer merkwürdigen Eingebungen gehabt; Veronika hatte die beiden gefragt, ob sie eigentlich Rauchmelder im Haus hätten. Frau Köttermeier hatte bei diesem langweiligen Thema gelassen, vielleicht sogar etwas herablassend abgewunken und gesagt, da solle sie sich mal keine Sorgen machen. Eine Woche darauf hat es bei Köttermeiers wirklich gebrannt. Zum Glück tagsüber, als niemand im Haus war. Die Feuerwehr sagte, es sei ein Kabelbrand gewesen, aber seitdem haben Köttermeiers Veronika und Gerd gemieden, wo sie nur konnten. Sie müssen entweder gedacht haben, Veronika wäre eine Hellseherin oder sie hätte das Feuer selbst gelegt. An Hellseherei glaubten die Köttermeiers eher nicht. Jedenfalls war seitdem Schluss mit Freundschaft, und zwar auf beiden Seiten. Veronika hatte seither laut mitgelacht, wenn Sophie Köttermeier-Verse gemacht hat - auf die -eier-Endung fielen ihr viele Reime ein. Sophie erinnerte sich noch gut, wie sie beim Abendessen in der Küche saßen, Claire im Hochstühlchen, Sophie schnitt ihrer Schwester aus der Teewurststulle kleine Reiterchen ohne Kruste. Erst brachte sie ihr Köttermeier - Geiermeier bei, die beiden lachten sich darüber kringelig. Bald schon konnte die kleine Schwester *Schlaumeier Köttermeier ist ein alter Biedermeier* sagen. Mit den Jahren wurden die Reime immer ausgeklügelter. *Schwindelfreier Uru-*

guayer ist ein armer Pleitegeier. Köttermeier schiebt 'nen Dreier mit der geilen Geiermeier. Denen kehrten die Köhlers also gern den Rücken zu.

Sophie wollte schnell eine Wohnung für ihre Eltern finden, bevor sie es sich womöglich anders überlegten. Doch das gestaltete sich viel schwieriger, als sie es sich vorgestellt hatte. Für Veronika kam es nicht in Frage, dass jemand anderes für sie eine Wohnung suchte; ihre Ansprüche waren kompliziert bis unerfüllbar. Die Wohnung musste vor allem repräsentativ sein, wenn sie schon nicht mehr mit einem Haus aufwarten konnten. Soetwas zu finden, traute sie ihrer Tochter nicht zu, und wenn Sophie ehrlich war, wusste sie weder, was ihre Mutter sich unter repräsentativ vorstellte, noch, wozu das nötig sein sollte. Sophie fand die Vorstellungen ihrer Mutter recht übertrieben, konnte sie ihr aber nicht ausreden. In Anbetracht der weiten Fahrt ließ sich die Wohnungssuche de facto nur mit einem längeren Besuch realisieren. Gerd schlug vor, sie zu besuchen und selbst eine geeignete Bleibe zu finden. Claire war bei dieser Sache mal wieder aus dem Schneider, sie bewohnte in Tuttlingen eine kleine Souterrain-Wohnung und hatte dort kaum Platz, ihre Eltern übernachten zu lassen. Sophie und Hannes hingegen hatten ein Gästezimmer mit eigenem Bad, in dem sie Sophies Eltern durchaus komfortabel unterbringen könnten – so musste sie sich wenigstens nicht mit Maklern und Vermietern herumschlagen.

Der Anruf von Gerd kam zwei Wochen später, an einem Sonntagmorgen im Oktober. Er erzählte seiner Tochter, dass er einen Kaufinteressenten für ihr Haus gefunden habe und nun unverzüglich eine neue Bleibe finden müsse.

„Ich wälze schon jeden Tag den Immobilienteil, aber bisher war gar nichts Gutes drin, Papa", antwortete Sophie.

„Wir müssen uns beeilen und irgendetwas finden, sonst springt der Käufer vielleicht ab", meinte ihr Vater. Sophie ahnte, wie schwierig es war, ein Haus zu verkaufen – wer wollte schon in Gütersloh wohnen?

„Vor allem wenn herauskommt, was für Nachbarn wir haben", ergänzte Gerd und murmelte einige verunglimpfende Köttermeier-Reime in seinen grauen Bart. Er saß in seinem Lieblingssessel mit Blick in Richtung Nachbarhaus und strich sich lässig und ein wenig überheblich durch seine graumelierte Föhnfrisur. Auf seine dichten Haare war Gerd sehr stolz, vor allem wenn er die Pläte von Köttermeier sah.

„Es ist ganz klar, dass Du dem Interessenten grünes Licht geben musst. Eine Wohnung werden wir schon finden, kann ja nicht so schwer sein", sagte Sophie.

„Das sehe ich genauso. Aber wir wollen auf keinen Fall in irgendeine Wohnung ziehen, die gar nicht zu uns passt und kurz darauf den nächsten Umzug vor Augen haben!"

„Warum nicht? Ihr könntet euch erstmal im Ort einleben und ganz in Ruhe entscheiden, welche Wohnlage es sein soll."

„Und bis dahin in irgendeinem Provisorium leben? Also ich weiß nicht. Vielleicht sollten wir das Ganze doch nochmal überlegen …". Gerd zauderte. Er hatte Sophie etwas eingeflüstert, aber sie war sich nicht ganz sicher, ob sie es richtig deutete.

„Wenn Ihr sowieso von hier aus suchen wollt, könnt Ihr ebenso gut bei uns wohnen, bis Ihr etwas gefunden habt", schlug Sophie vor und dachte daran, dass dies ja im Prinzip auch ein Provisorium wäre, „wir machen bei uns die obere Etage frei, Ihr lagert Eure Sachen ein und sucht in Ruhe."

Gerd atmete am anderen Ende der Leitung hörbar laut aus. Sophie fragte sich verunsichert, ob dieser Vorschlag falsch gewesen war, doch sie hakte nicht nach. Seltsam, wie fremd ihr der eigene Vater in diesem Moment erschien. Sie bildete sich manchmal ein, ihn kaum zu kennen.

„Ich bespreche das mit Deiner Mutter", sagte Gerd und war plötzlich kurz angebunden.

„Und ich mit Hannes", sagte Sophie.

Als sie aufgelegt hatten, kamen Sophie erste Zweifel. Darin war sie schon immer gut, vorzupreschen und dann erst zu überlegen. Sie ging ins Spielzimmer im zweiten Stock, wo Hannes auf dem dicken, cremefarbenen Teppichboden lag, auf dem er mit Jan eine Legohaus gebaut hatte. Jan spielte mit den Figürchen, Hannes hatte sich einen Teddy als Kopfkissen untergeschoben und war wieder einmal eingeschlafen. Er wachte auf, weil Sophie sich auf ihn draufsetzte und an seiner Schulter rüttelte. Sie erzählte Hannes von dem Kaufinteressenten und ihrem Vorschlag.

„Vielleicht sollten wir das Angebot lieber zurücknehmen. Wenn meine Eltern hier oben wohnen, kriegen die unser ganzes Familienleben mit."

„Die paar Wochen, ist doch egal!"

„Ob nun Tage oder Wochen, wir müssen hier alles ausräumen, damit deren Möbel reinpassen."

„Wir hätten den Babysitter im Haus und können es jedes Wochenende krachen lassen. Wir schlagen uns mal wieder die Nächte um die Ohren, gehen auf ein paar Konzerte ...". Hannes war nicht nur damit einverstanden, seine Schwiegereltern ins Haus zu holen. Er hielt das sogar für eine ausgezeichnete Idee. Er zog Sophie zu sich herunter und fing an, mit ihrem Hinterteil Luftgitarre zu spielen. Typisch Hannes. Er trug seit der Schulzeit noch immer Band-Shirts, schwarze Jeans, Turnschuhe, und seine Haare waren länger als Sophies. Sophie störte es nicht, dass Hannes seit der Schulzeit nicht zum Spießer mutiert war. Sie hatte nie versucht, ihn zu ändern. Der Anblick von Anzug-Trägern erschien ihr eher frustrierend als erstrebenswert, und sie hatte oft gehört, dass sich deren Frauen nach dem Mann zurücksehnten, in den sie sich in ihrer Jugend verliebt hatten. *Der Sowieso war früher so lustig und entspannt, und jetzt ist er immer gestresst, kümmert sich nicht um die Kinder und hilft nicht mehr im Haushalt.* Blablabla, das Gerede kannte sie von ihren Bekannten zu Genüge. Man konnte eben nicht beides haben, den verantwortungsvollen Erwachsenen und den unbekümmerten Teenager. Sophie hatte sich für den Teenager entschieden.

„Du weißt aber schon, wie anstrengend meine Eltern sein können?", fragte Sophie.

„Ja, genauso wie meine und vermutlich alle anderen auf der Welt. Das gilt für alle Eltern mit Ausnahme von uns", zwinkerte Hannes seinem Sohn zu, der mit konzentriertem Blick weiterspielte, aber zugleich dem Gespräch seiner Eltern lauschte.

„Die werden mit ihren Antiquitäten die ganze Etage besetzen."

„Wir können ja als Kontrapunkt ein paar Bandposter in den Treppenaufgang hängen."
„Beim Sonntagsfrühstück darfst Du dann Vivaldi hören."
„Danach spiele ich uns was auf der E-Gitarre."
Sophie gackerte. Wie sie diesen Mann liebte! Er konnte sie in beinah jeder Situation zum Lachen bringen. Mit seiner unkonventionellen Art hatte er damals ihr Herz erobert, und wenn er lachte, Musik machte oder sang, war es noch immer völlig um sie geschehen.
„Meine Mutter mischt sich ständig ein. Kindererziehung, Ernährung, Klamotten, ich hasse das!"
„Da musst Du dann vermutlich durch, aber es ist ja nur für eine kurze Zeit. Versuche, es zu ignorieren, so mache ich das auch immer. Du hast im Prinzip nur zwei Möglichkeiten: Entweder, wir ziehen das jetzt durch oder sie bleiben noch ewig in Gütersloh wohnen. Die Entscheidung musst letztendlich Du treffen."
Sophie wälzte die Pro- und-Kontraliste mit Hannes hin und her. Mal abgesehen von Babysitter-Qualitäten und fast unerschöpflicher Geduld mit den Kindern könnte das Zusammenleben mit Veronika und Gerd auch andere Vorteile haben. Veronika konnte wirklich hellsehen, auch wenn Köttermeiers an Brandstiftung glaubten. Sie fing regelmäßig herunterfallende Schüsseln oder Gläser in der Luft auf. Als sie jünger war, hatten alle ihre Reaktionsschnelligkeit gelobt, aber dafür musste man erstmal zu genau dem richtigen Zeitpunkt daneben stehen, wenn etwas herunterfiel; das war bei ihr erstaunlich häufig der Fall. Als inzwischen über Siebzigjährige konnte man dann doch eher an Hellsichtigkeit als an Reaktionsvermögen glauben.

Als Sophie mit Lea und Jan schwanger wurde und zu Hause anrief, um ihren Eltern die frohe Botschaft zu überbringen, war das natürlich keine Überraschung für Veronika.

„Das weiß ich schon. Und freust Du Dich?", fragte sie bei beiden Schwangerschaften, was Sophie maßlos ärgerte. Es war, als hätte Veronika eine tolle Neuigkeit verkündet, nicht sie. Hannes hatte seiner Schwiegermutter die Show zunächst auch gar nicht abgekauft. Doch nach der Geburt von Lea verriet sie, dass sie schon viele Wochen vor Sophies Anruf - und damit vor dem Schwangerschaftstest - Babystrampler gekauft hatte. Die Strampler hatten sogar die richtigen Farbe, rosa natürlich. Als Sohpie mit Jan schwanger wurde, fragte er ohne Umschweife nach den Kassenbelegen für die Strampler. Die gab es tatsächlich, und die Babykleider waren erneut Wochen vor Sophies Anruf gekauft worden. Babystrampler Größe 52, blau. Damit war auch die Überraschung dahin, ob es ein Junge oder ein Mädchen werden würde. Hannes hatte daraufhin ein wenig Angst vor seiner Schwiegermutter. Doch er gewöhnte sich daran, und mit der Zeit fand er diese Fähigkeit eher nützlich als beängstigend.

Sophies Vater war ein eher schweigsamer Zeitgenosse. Er wählte seine Worte mit Bedacht. Seine Schweigsamkeit würde bei so vielen Menschen in einem Haus kein Nachteil, sondern ein Vorteil sein. Die wenigen Anlässe, bei denen er sprach, waren am Telefon oder beim Vorlesen einer Gutenachtgeschichte, was er ausgiebig mit großväterlicher Geduld erledigte. Dialekte konnte er auch, er sprach fließend schwyzerdütsch, bayerisch und schwäbisch, was man am Bodensee gut gebrauchen konnte. Seine Dialekte waren eine richtig lustige Nummer. Sophie dachte, bis sie in die zweite Klasse kam, er wäre Komiker, würde mit seinem Hut auf einer Parkbank stehen und das Geld der begeisterten Spaziergänger einsammeln, die ihm zuhörten. Doch zu ihrer Enttäuschung musste sie später erfahren, dass er gar nicht *auf*, sondern als Angestellter *in* einer Bank arbeitete. Er war gar kein Komiker! Er machte nicht mal Witze während der Arbeit! Noch größer war die Enttäuschung als sie erfuhr, dass er dort nicht einmal mit echten Geldscheinen und Goldbarren zu tun hatte, sondern dass er lediglich mit Zahlen auf Konten hantierte. Von diesem Zeitpunkt an interessierte sie sich nie wieder für die Arbeit ihres Vaters.

Veronika und Gerd entschieden sich schnell. Bei ihrer Tochter war es ihrer Ansicht nach gemütlich genug zum Einziehen. Dort waren ein Gästezimmer, Sophies Arbeitszimmer und ein Spielzimmer, in dem eine Stadt aus Playmobil-Bauernhöfen, Ritterburgen und eine Carrerabahn aufgebaut waren. Sophie brauchte das nur auszuräumen, und sie hätten für die Zeit ihres Besuchs drei Zimmer nebst Bad, wo sie für sich sein könnten. Sie müssten natürlich noch die Möbelmenge von Haus auf Wohnung reduzieren, damit alles ins Obergeschoss passte. Einen Kellerraum bekamen sie auch, in dem sie alle Antiquitäten lagern konnten, die nicht in den zweiten Stock passen, von denen sie sich aber auch nicht trennen mochten. Schließlich wussten sie ja nicht, wie groß ihre spätere Wohnung sein würde, da war eine gewisse Möbelreserve angemessen - warum sollten sie auch etwas weggeben, was sie später eventuell nachkaufen mussten?

Akribisch hatte Sophie den Einzug ihrer Eltern vorbereitet, damit nichts schiefgehen konnte: Erstens den Grundriss der drei Zimmer gefaxt, so dass die Möbel nur noch perfekt hineingestellt werden müssten. Dafür hatte sie die Raummaße auf Millimeterpapier übertragen und die Dachschrägen notiert, damit es bei den Möbelbreiten und -höhen keine bösen Überraschungen gab; zweitens einen ganzen Kellerraum leergeräumt und bis zur Bewohnbarkeit hin gesäubert, Raumlänge, Breite und Höhe telefonisch durchgegeben, um genau zu ermitteln, wie viele Kubikmeter Möbel und Kisten dort eingelagert werden können; drittens auch noch die Garage als Notlager hergerichtet und deswegen extra während der schneereichen Winterwochen das Auto vor dem Haus geparkt, damit der Boden für eventuell dort zu lagernde Möbel trocken blieb. Auf diese Weise waren innerhalb weniger Tage alle Nachbarn über das bevorstehende Ereignis informiert, die sich erkundigten, warum Sophie und Hannes täglich ihren Wagen enteisten, anstatt ihn einfach in die Garage zu fahren. Dergestalt exzellent vorbereitet erwarteten sie an einem 30. Dezember die Ankunft von Veronika und Gerd.

Zwei

Um Punkt zwölf Uhr bog der Volvo V70 um die Kurve vor dem Haus der Kowalskis. Veronika und Gerd hatten Glück mit dem Verkehr gehabt und nur fünf Stunden für die Strecke gebraucht. Sie wirkten müde, die Packerei der vergangenen Tage steckte ihnen noch in den Knochen. Freudestrahlend öffneten die Kinder die Haustür. Es gab wie immer allseits ein großes Hallo, Umarmungen und auf den Rücken klopfen.

„Bist Du aber schwer geworden, was hast Du bloß gegessen?", fragte Veronika und setzte den lachenden Jan wieder ab.

„Das fragst Du immer!", krähte Jan und zählte nun auf, was er zum Frühstück und Mittagessen gegessen hatte. Beide Kinder hingen wie Kletten an ihrer schicken Oma; sie duftete intensiv nach Jil Sander No.4, die blonde Mähne war in perfekte Wellen gelegt, der Lippenstift war frisch aufgetragen, und sie trug einen schwarzen Mantel aus Kaninchenfell, in dem die Kinder kraulen wollten.

„Super siehst Du aus", begrüßte Sophie ihre Mutter und küsste sie links und rechts auf die rosa gepuderten Wangen, „wie hast Du das an so einem Tag bloß geschafft?"

Veronika lächelte ihr unverwüstliches Lächeln und ließ sich den Mantel abnehmen. Auch Hannes umarmte seine Schwiegermutter, und als sie da so dicht beieinander standen, dachte Sophie, dass zwei

Menschen wohl kaum unterschiedlicher sein könnten. Ihr Mann sah neben ihrer perfekten Mutter beinahe verwahrlost aus. Er trug löchrige Jeans, T-Shirt und Chucks – das war im Sommer wie im Winter sein Standardoutfit. Heute hatte er ein Shirt einer seiner Lieblings-Bands an, ein schwarzes und verwaschenes Teil der amerikanischen Punk-Rock-Band Bad Religion.

„Bad Religion, wo ist das denn?", las Gerd in komplett deutscher Aussprache mit Blick auf Hannes Shirt und klopfte ihm ein paarmal freundschaftlich hinten auf die Konzerttermine.

Hannes lachte sein lautes, unbekümmertes Lachen, nahm auch seinem Schwiegervater den Mantel ab und bugsierte die zwei ins Wohnzimmer.

„Herzlich willkommen am See, Ihr Lieben! Jetzt ruht euch erstmal schön aus. Veronika, Tee? Gerd, ein Bier?"

Der kleine Jan positionierte sich mit einem Fernglas am Küchenfenster und hielt Ausschau nach dem Möbelwagen, den er dann schreiend ankündigte. Sophie kam angerannt und nahm ihren fünfjährigen Sohn auf den Arm, um die Ankunft des Möbelwagens zu sehen. Der Siebeneinhalb-Tonner schob sich langsam um die enge Kurve vor ihrem Haus. Sekunden später kam ein Anhänger ins Blickfeld. Sophie kannte sich mit Lastwagen nicht besonders gut aus, vermutete aber, dass sie zusammen mehr Volumen hätte als die Garage, der Keller und das Obergeschoss zusammen. Sie schaute auf den Mega-Wagen und fragte lieber noch nicht bei ihren Eltern nach. Vielleicht waren im Anhänger ja nur die Gartenmöbel, die ganz knapp nicht mehr in den LKW gepasst hatten. Oder noch besser, die Spedition hatte einfach noch eine zweite Ladung für einen ganz anderen Kunden angehängt. Das machen sie bei Umzügen über größere Distanzen ja häufiger.

Diese Vermutung erwies sich als Irrtum. Die Ladeklappe des Anhängers wurde als erstes geöffnet, und drei Männer begannen, Möbel ins Haus zu tragen. Glücklicherweise standen alle Möbel, die ins provisorische Reich von Veronika und Gerd gehörten, gleich vorne dran. Nach sagenhaften drei Stunden standen alle Gegenstände an Ort und Stelle, dank des perfekt ausgefeilten Zimmerplans von Sophie und des akribischen Dirigierens von Veronika. Die Kinder testeten, ob sie bei Oma Roni und Opa Gerd auch Sofa- und Matrazen-Hüpf-Verbot hatten – zu ihrer Freude war das nicht der Fall. Derweil widmete Sophie sich den restlichen hundert Kubikmetern, die noch im Möbelwagen standen.

Zwei weitere Stunden später war auch die Garage voll bis obenhin, abgesehen von einer kleinen Fläche, auf der die Mülltonnen Platz fanden. Wenigstens mussten sie nicht vor der Haustür stehen, das fand Sophie hässlich. Dann schloss sie das Garagentor in dem Wissen, dass ungefähr noch einmal das gleiche Raummaß im Keller zur Verfügung stand. Allerdings befand sich noch mehr als die doppelte Menge im LKW. Viel mehr.

„Warum habt Ihr so viel Zeug dabei, wir hatten doch alles ganz genau ausgemessen und besprochen! Was nicht reinpasst, können wir höchstens draußen in den Garten stellen", ärgerte sich Sophie. Da hätte sie sich die Planerei glatt schenken können.

„Ihr habt doch noch so viel Platz im Haus", winkte ihre Mutter mit einer Handbewegung ab. Das beunruhigte Sophie erst recht. Sie fand, dass ihr Haus bereits mit allen Möbeln ausgestattet war, die sie brauchten. Klar war noch reichlich Platz, aber irgendwo musste der Mensch ja auch durchgehen können! Ihr minimalistisch möbliertes Schlafzimmer beispielsweise war pure Absicht und nicht etwa ein Mangel an Möbeln. Hannes und Sophie hatten es immer als besonders wohltuend gefunden, keinen Schreibtisch, Computer oder gar ein Fitnessgerät in Sichtweite zu haben. Im Bett wollten sie einfach nur schlafen oder ihren ehelichen Pflichten nachgehen, die sie sehr oft und gern erfüllten, wenn sie das Bett nicht gerade mit den Kindern teilen mussten. Diesen Luxus sah Sophie nun dahinschwinden.

Die Möbelpacker machten sich in der Zwischenzeit daran, den leergeräumten Kellerraum mit unzählbaren Kartons, Koffern und kleineren Möbeln voll zu stopfen.

„Bitte bis zur Decke vollpacken und jede Lücke nutzen, das passt sonst nicht hier rein", appellierte Sophie mit einem Hauch Verzweiflung in der Stimme an die Möbelpacker.

„Ja sicher", witzelte der Chef der vier Muskelprotze, dem Sophies blasser werdendes Gesicht nicht entgangen war, „wir füllen jeden Quadratzentimeter, wie bei Tetris. Nur schade, dass die letzte Reihe nicht verschwindet. Haha."

Ja genau, haha, dachte Sophie. Weitere zwei Stunden später war der Raum bis auf die kleinste Lücke gefüllt, der Chef hatte nicht zu viel versprochen. Sogar die Tür hatte er ausgehängt und von außen gegen den Rahmen gelehnt, um nicht die zwei wertvollen Quadratmeter zu verschenken, die das nach innen Öffnen der Türe gekostet hätte. Sophie war heilfroh, dass dies ein Kellerraum mit schöner, fester Erde darunter war und nicht etwa ein oberes Geschoss – keine Statik der Welt würde so ein Gewicht tragen können. Doch im Möbelwagen stand immer noch Zeug.

Sie spielten Real-Life-Tetris im nächsten Keller weiter. Niemand verlor ein Wort darüber, dass dieser Raum gar nicht mit eingeplant war. Die Regale darin waren täglich im Gebrauch, und bisher konnte Sophie immer damit angeben, dass ihre Kellerräume nicht mit Schrott vollgestopft waren. Das war nun vorbei. Auf Waschmaschine, Trockner, Vorratsschrank und um diese herum wurden Kartons gebaut. Dann musste auch ihr dritter Kellerraum dran glauben. Er war schon ziemlich voll, denn Sophie hatte ja alle Möbel und Spielsachen aus dem zweiten Stock ausgeräumt und hierher gebracht. Es wurde reingestopft, was ging.

„Seht ihr, ich wusste, das alles reinpasst", triumphierte Veronika.

„An die Schränke, in denen unsere ganzen Sommerklamotten und das Outdoorzeugs verstaut sind, kommt man jetzt aber nicht mehr ran", entgegnete Sophie.

„Die brauchst Du doch jetzt gar nicht", bestimmte Veronika, „lass uns lieber wieder hochgehen und aufpassen, dass die Männer die restlichen Sachen an die richtigen Plätze stellen".

Rutsch mir den Buckel runter, dachte Sophie. Bis der Frühling käme, wären alle Sachen mitsamt ihren Eltern hier sowieso längst wieder weg. Am späten Abend hatten sie es endlich geschafft, alle Möbel unterzubringen. Einige schmale Regale, Beistelltischchen und Vitrinen, für die nirgendwo sonst mehr Platz war, landeten im Flur. Ebenso ein paar Perserteppiche, die Veronika überlappend auf dem Boden verteilte. Der Eingang hatte nun ein sehr seltsames Flair: Er sah nicht mehr aus wie in einem Wohnhaus, sondern erinnerte an ein vollgestopftes Antiquariat oder einen Trödelladen mit all dem Krempel. Es fehlten nur noch ein alter Globus und eine Glaskugel für ein perfektes Bild. Im ehemals puristischen Schlafzimmer der Kowalskis landeten ein Sessel, ein Sekretär, ein paar Lampen und noch mehr Perserteppiche, die Sophie hasste wie die Pest. Doch obwohl Sophie stinksauer über die Selbstverständlichkeit war, mit der ihre Mutter eine Flut von Möbeln in ihr Haus stopfte, war sie letztendlich zu gutmütig, um die Sachen draußen in den Garten zu stellen. Bei der Witterung wären sie innerhalb weniger Tage kaputt gewesen.

„Ist doch sowieso viel gemütlicher als so ein leeres Zimmer", meinte Veronika ohne eine Spur von Reue.

„Ich fand es vorher schöner", sagte Sophie einsilbig und beließ es bei dem einen Kommentar. Sie wollte auf keinen Fall gleich am ersten Tag streiten.

Am Silvestermorgen wurde Sophie von einer streichelnden Hand unter der Bettdecke geweckt. Als sie die schweren Lider öffnete, blickte sie in Hannes eindeutig lächelndes Gesicht.

„Guten Morgen, Prinzessin, heute ist der letzte Tag des Jahres. Wollen wir schon mal vorfeiern?"

Sie drehte sich zu ihm herum, kroch hinüber unter seine Decke und kuschelte sich an ihn.

„Was treiben denn die kleinen Monster?"
„Haben sich gerade die Eiskönigin reingelegt. Wir haben eine Stunde."

Es war der erste Sex unter einem Dach mit den eigenen Eltern. Es war seltsam, aber nicht unmöglich, dachte Sophie. Wenn doch nur jeder Tag so gut anfangen könnte. Sie flitzte unter die Dusche und zog sich in Windeseile an. Nach dem Sex wurde sie immer wahnsinnig aktiv. Ganz anders war es bei Hannes; der schlief meistens sofort danach ein. Sophie war das nur recht, auf diese Weise hatte sie das Badezimmer für sich und konnte ungehindert die Vorbereitungen für die Party am Abend treffen. Nachdem sie geduscht hatte, stellte sie Schokomüsli und Milch auf den Tisch und machte sich einen großen Kaffee. Beim Frühstücken schrieb sie die Einkaufsliste fürs Abendessen sowie eine To-Do-Liste für den Tag. Sophie liebte Listen. Sie fand es so beruhigend, die zu erledigenden Dinge im Laufe des Tages eins nach dem anderen abzuhaken. Zum Essen gab es Raclette, als Dessert Eis, unkomplizierter ging es kaum. Sie müsste nur noch die Saucen und einen Salat machen. Viel aufwändiger würde das Aufräumen vorher sein. Nach dem Einzug ihrer Eltern war ein kleiner Hausputz unvermeidlich, zumindest im Erdgeschoss musste gründlich sauber gemacht werden. Die Tischdekoration war auch noch zu erledigen, doch die liebte Sophie zu solchen Anlässen am meisten – besonders, wenn es eine große Tafel war. Mit ihren Eltern, den Kindern, ihrer Freundin Jenny und Hannes Kumpel Thomas wären sie zu acht.

Sophie war überglücklich, dass Jenny zugesagt hatte. Diese Frau war ein Ausbund guter Laune, sagte ihre Meinung und lachte viel und laut. Mit Jennifer war Sophie befreundet, seit sie ihr das erste Mal die Haare geschnitten hatte. Nach ihrem Umzug an den See vor fünf Jahren wollte sie die Gelegenheit nutzen, ihre Frisur zu verändern, betrat ausnahmsweise einen dieser schon von Weitem teuer aussehenden Luxussalons und landete so bei Jenny in Friedrichshafen.

„Wie kann ich dich glücklich machen?", hatte Jenny sie gefragt, die unzufrieden ihr finster zurückstarrendes Spiegelbild anschaute. Den Neuanfang in ihrer neuen Heimat hatte sie sich anders vorgestellt. Sie war einsam ohne ihre Freundinnen Kiki und Ellen und sie musste ganz schön ackern, um Aufträge an Land zu ziehen.

„Am liebsten würde ich so gut aussehen wie Du", seufzte Sophie. Was dann folgte, war ein komplettes Umstyling inklusive Farbberatung und Make-up. Ihre langen, aschblonden Haare bekamen die Farbe von Milchschokolade und wurden auf Schulterlänge gekürzt, die Augenbrauen färbte Jenny braungrau und die Wimpern schwarz. Die Wangen bekamen ein frisches Rosa und die Lippen ein mattes Pink. Als Sophie den Laden nach drei Stunden verließ, sah sie nicht nur fantastisch aus, sie hatte auch das Gefühl, eine Seelenverwandte gefunden zu haben. Jenny ging es genauso. Seither verging keine Woche, in der die zwei sich nicht trafen oder miteinander telefonierten.

Thomas war evangelischer Pfarrer, und Sophie wunderte sich darüber, wie gut er und Hannes sich verstanden – denn ihr katholisch getaufter Mann machte kein Geheimnis daraus, dass er aus der Kirche ausgetreten war. Hannes hielt die Bibel für eine Ansammlung hochstilisierter Geschichten, den daraus entstandenen Glauben für einen Irrtum, und seine eigene Taufe und Kommunion bezeichnete er als Verschwendung von Zeit und Weihwasser. Unentbehrlich hingegen fand er Musik, und dies war die große Leidenschaft, die sich die beiden Männer teilten. Sie spielten beide Gitarre und Schlagzeug, zudem konnte Thomas im Gegensatz zu Hannes auch noch ausgezeichnet singen. Er war begeistert von Hannes Musikladen und dem Proberaum, der sich im Keller des Ladens befand und wo sie sich oft zum gemeinsamen abrocken trafen. So lange die beiden nicht über Religion diskutierten, waren sie einer Meinung. Thomas versuchte nicht, Hannes zu bekehren, und im Gegenzug verkniff sich Hannes die meisten blasphemischen Kommentare, die ihm auf der Zunge lagen.

Wenn der Tisch geschmückt wäre, würde Sophie eine Stunde zum Baden und Anziehen der Kinder einplanen und eine Stunde für sich selbst. Sie klatschte in die Hände vor Vorfreude und begann, ihre Liste abzuarbeiten. Das Blöde zuerst, also Staubsaugen und Wischen. Von der guten Laune ihrer Mutter angesteckt, wollte Lea mithelfen; Jan zog nach, denn er wollte wie immer das nachmachen, was seine Schwester tat. Sophie drückte den Kindern feuchte Putzlappen in die Hand und erklärte ihnen, wie sie jede einzelne Treppenstufe abwischen müssten. Als sie schließlich auch mit dem Aufräumen und Staubwischen fertig war, kamen ihre Eltern und Hannes die Treppe herunter.

„Aha, ein emsiges Bienchen – das sieht ja picobello aus", meinte Hannes und kratzte sich verschlafen am Bauch.

„Sag bitte, wie ich helfen kann. Wir wollen uns doch nicht von dir bedienen lassen", sagte Veronika eifrig.

„Ach quatsch, Mama. Ihr ruht euch heute erst einmal von den Strapazen aus, und heute Abend feiern wir dann schön zusammen. Frühstückt in Ruhe, ich gehe einkaufen und das Fleisch abholen."

„Aber beim Tischdecken helfe ich dir dann später." Darauf bestand Veronika. Sophie nahm das Angebot gern an, weil sie wusste, wie sehr ihre Mutter Dekorieren liebte.

„In Ordnung. Hannes, stellst Du dann bitte Bier, Weißwein und Sekt nach draußen? Das passt nicht mehr in den Kühlschrank. Den Rotwein kannst Du drinnen lassen." Sophie gab ihm einen Kuss, einen Klaps auf den Po und verschwand dann mit einer Handvoll Jutebeutel aus der Haustür. Es lief alles wie am Schnürchen und Sophie hatte den Eindruck, dass das an diesem Tag so bleiben würde.

Die Tafel sah wunderschön aus. Sophie und Veronika hatten eine bodenlange, dunkelblaue Tischdecke aufgelegt und kleine glitzernde Sternchen darauf verteilt. An jedem Platz standen mehrere Gläser für Sekt, Wasser, Wein und Bier.

Jenny und Thomas lobten nach schwäbischer Sitte mit einem Glas Sekt in der Hand zuerst den Christbaum. Sie stießen laut klirrend mit Sophie, Hannes, Veronika und Gerd an und sagten ein paar nette Worte über die geschmückte Nordmanntanne. Dann waren zwangsläufig auch nette Worte über die Outfits der Damen fällig, die sich für den Abend aufgebrezelt hatten. Veronika trug einen eleganten dunklen Hosenanzug und den schönsten Familienschmuck, Sophie ein schulterfreies Etuikleid mit einem Paillettenjäckchen, Jennifer ein knöchellanges, rotes Kleid und dazu eine beeindruckende Hochsteckfrisur. Hannes und Thomas hatten sich den Frauen zuliebe in ihre Anzüge geschmissen und die Haare ordentlich zurückgegelt, um bei der liebevoll geplanten Silvesterfeier ein würdiges Bild abzugeben. Für Gerd war ein Anzug an Feiertagen sowieso Pflicht. Als die dicke Steinplatte auf dem Raclettegerät heiß genug war und die ersten Pfännchen gefüllt waren, verlagerten sich die Gespräche auf geistliche Themen – das ließ sich nicht vermeiden, denn Veronika und Gerd hatten noch nie privat mit einem Pfarrer zu tun gehabt.

„Komisch, dass die Leute unbedingt über Gott reden müssen, wenn Thomas dabei ist," versuchte Sophie abzulenken, die sich ein wenig für die Neugier ihrer Eltern genierte.

„Da seht Ihr mal, was für ein interessanter Typ das sein muss", antwortete Thomas.

„Oder es liegt schlichtweg an Deinem Beruf. In meiner Gegenwart kommt das Gespräch automatisch irgendwann auf Frisuren. Das fängt damit an, dass die Weiber sich in die Haare greifen oder an einer Strähne zwirbeln und endet damit, dass sie eine Einschätzung ihrer Frisur von mir haben wollen. Mich hat bei einem Kaffeekränzchen sogar schon mal eine gefragt, ob ich ihr mal eben die Haare machen könnte," erwiderte Jenny und kicherte.

„Nein nein, Sophie hat recht. Bei mir schreit sie am Schluss auch immer: Oh Gott", flaxte Hannes.

Sophie stieß ihm unter dem Tisch gegen das Bein: „Beides hat doch in unserer Welt seine Berechtigung, schöne Haare und Gott. Nur eben auf verschiedenen Ebenen, darum kann man es nicht miteinander vergleichen."

„Also bitte. Du meinst doch nicht ernsthaft, dass Frisuren genauso wichtig sind wie Gott?", fragte Veronika entrüstet.

„Es ist ganz anders wichtig. Das eine ist innen, das andere ist außen. Jeder kümmert sich auf seine Weise darum. Bist Du eigentlich öfter beim Friseur oder in der Kirche, Mama?" Veronika spielte sich gern zum Moralapostel auf, doch wer sie besser kannte, wusste, dass ihr ihre eigene Außendarstellung weit heiliger war als ihr Glauben. Bevor Veronika sich entschieden hatte, ob sie die Frage übergehen oder darauf antworten sollte, fing Thomas an, schallend zu lachen. Jenny versuchte schon eine ganze Weile, ihr Kichern zu unterdrücken, und nun platze es aus den beiden heraus, bis alle am Tisch laut mitlachten.

„Also, mein Salon ist immer voll bis auf den letzten Platz. Vielleicht kommst Du zum Predigen einfach mal zu mir", gackerte Jenny.

„Ja, oder Du zum Haare fönen zu mir. Ich habe dreihundert Zuhörer am Sonntag, da müsstest Du nur noch einen Tag in der Woche arbeiten", lachte Thomas.

„Ist Deine Kirche tatsächlich immer so voll? Ich dachte, da geht heutzutage keiner mehr hin?" fragte Gerd.

„Klar ist die voll, Thomas spielt dort Gitarre und singt, damit lockt er seine Schäfchen an", sagte Hannes.

„Komm doch mal vorbei, Gerd, und bring deinen Schwiegersohn mit. Den habe ich noch nie am Sonntagvormittag in der Kirche gesehen."

„Du weißt doch, ich bin überzeugt vom Urknall und der Evolution", gab Hannes zurück.

„Und ich glaube wenn überhaupt nur noch an Gott, weil mir von klein auf davon erzählt wurde. Klar kann es Gott eigentlich nicht geben, aber was man als Kind gelernt hat, wird man nicht so einfach los. Ich bete jeden Abend zu einem Typen, von dem ich nicht einmal selbst glaube, dass es ihn gibt," meinte Sophie.

„Da siehst Du, dass das Denken im Gehirn und der Glauben im Herzen stattfindet. Hirn und Herz sind nicht immer einer Meinung", erwiderte Thomas.

Hannes geriet nun richtig in Wallungen. „Es machte damals vielleicht durchaus einen Sinn, dass die verschiedenen Kulturen begonnen haben, nach einer Erklärung für die unerklärlichen Dinge auf dieser Welt zu suchen. Aber heute ist die Entstehung der Welt nicht mehr unerklärlich, lies mal Stephen Hawkings. Es gibt niemanden, der über uns wacht. Allerhöchstens *fühlen* wir uns durch unseren Glauben von etwas Höherem bewacht, aber in Wirklichkeit ist es nicht so. Schau mal auf die Länder, in denen unermessliches Elend herrscht, auf Mörder und Kinderschänder – wo ist er denn dort, der liebe Gott?"

„Die Existenz des Bösen ist doch kein Beweis für die Nicht-Existenz Gottes! Betrachte die Menschheit doch einmal als ein Gesamtbild. Kein Bild ist nur hell", sagte Thomas.

Hannes schenkte allen nach und erhob sein Glas zu einem Trinkspruch.

„Na dann, trinken wir auf das Helle und das Dunkle. Amen."

Kurz vor Mitternacht warfen sich alle ihre Wintermäntel über – auch Jan und Lea waren noch wach – und gingen nach draußen zum Knallen. Die leergetrunkenen Flaschen stellten sie als Raketenabschussrampe in die Mitte der Straße, ihre Champagnergläser und eine volle Flasche Veuve Cliquot hielten sie in den Händen. Ihre Nachbarn, ein Ehepaar um die fünfzig und deren Doppelkopf-Partner, waren in ähnlich betrunkenem Zustand ebenfalls auf die Straße gekommen, um Raketen abzuschießen. Die übrigen Anwohner waren alte Leute und schliefen längst oder mussten auf Partys in der Stadt unterwegs sein – jedenfalls war sonst niemand auf der Straße zu sehen und hinter den Fenstern war es dunkel.

Laut zählten die Kowalskis, Veronika, Gerd, Jenny und Thomas die letzten zehn Sekunden bis Mitternacht runter, dann stießen sie miteinander an, fielen sich in die Arme und wünschten sich ein glückliches neues Jahr. Hannes und Thomas zündeten Raketen und armdicke Böller an, während Gerd mit den beiden Kindern die kleineren Bienen und Fontänen anzündete. Die Frauen schauten zu und schlürften genüsslich ihren Champagner. Sie prosteten den Nachbarn zu, stießen mit ihnen an und wechselten ein paar Worte. Doch die zwei Pärchen wollten schnell wieder ins Haus, ihnen war es zu kalt.

Hannes schlug vor, mal eine Rakete die Straße runterschießen. Daraufhin nahm Thomas die Juwel-Feuerwerk-Rakete, die er gerade anzünden wollte, aus der Flasche und legte sie auf den Boden, Hannes korrigierte noch ein wenig die Richtung, damit sie nicht unter einem Auto explodierte, und zündete sie an. Es sah tatsächlich beeindruckend aus, das Geschoss in Schlangenlinien die Straße entlangflitzen zu sehen. Die Explosion des Farbballs fand allerdings nicht auf der Straße statt, sondern in der Hecke von Herrn Klocke, der schräg gegenüber wohnte. Rote und weiße Funken stoben in alle Richtungen, dann begann die Hecke zu brennen.

„Ach Du dickes Ei", sagten die Männer unisono. Dann bemerkten auch die anderen die Flammen. Sophie und Jenny rannten zurück ins Haus, füllten am Waschbecken in der Küche ein Gefäß nach dem anderen mit Wasser, rannten damit hinüber zur Hecke und gossen das Wasser in die Flammen. Hannes und Thomas schnappten sich die nächsten Schüsseln und taten es ihnen gleich. Veronika ging mit den Kindern nach oben in Leas Kinderzimmer, vom Fenster aus verfolgten sie die Löschaktion. Gerd holte sich das schnurlose Telefon nach draußen und hielt sich bereit, die Feuerwehr zu rufen.

„Da kommt zu wenig Wasser raus", schrie Sophie verzweifelt und fummelte am voll aufgedrehten Wasserhahn herum. Die Flammen hatte bereits den dritten, knochentrockenen Baum der Thujahecke erreicht. Noch zehn Thujas mehr, und der Schuppen von Herrn Klocke würde in Flammen stehen.

„Rennt schneller, Leute", rief Hannes, „wir müssen das schaffen."

„Was ist eigentlich billiger: Ein Feuerwehreinsatz oder der Schuppen von eurem Nachbarn?", witzelte Thomas, der genügend Rotwein getrunken hatte, um ganz entspannt zu bleiben. Hannes wischte sich den Schweiß von der Stirn.

„Ruf die Feuerwehr, Gerd", rief er seinem Schwiegervater zu und rannte in die Küche, um neues Wasser zu holen. Er kippte es über die Flammen, aber das hatte kaum einen Effekt. Sie waren einfach zu langsam. Dann stand plötzlich der Nachbar neben ihm, in der Hand einen Feuerlöscher. Seelenruhig drückte er den Hebel herunter und hielt den Schlauch sechs Sekunden lang in die Flammen. Das Feuer war aus.

„Danke, danke, danke! Vielen Dank!", stammelte Hannes.

„Jeder sollte einen Feuerlöscher im Haus haben, mein Junge", sagte der Nachbar ungaufgeregt, drehte sich um und ging.

Hannes und Thomas standen vor dem Loch in der Hecke mit den angekokelten Rändern und überlegten, was sie tun sollten. Herrn Klocke wecken oder bis morgen warten? Gerd meinte, wenn er von der Knallerei und dem Feuer nicht aufgewacht sei, müsse man ihn nun erst recht nicht stören. Man könne in der Nacht ohnehin nichts tun. Die drei Frauen waren dazugekommen und stimmten zu. Die sechs gingen also wieder rein, sammelten Lea und Jan von der Fensterbank und versicherten ihnen, dass das Feuer ganz sicher aus sei und nicht wieder anfangen würde, zu brennen. Auf Raketen hatten sie nun alle keine Lust mehr. Veronika war müde und schlug vor, die Kinder ins Bett zu bringen, damit die „Jugend" weiter feiern konnte. Auch Gerd verabschiedete sich nach oben. Nach der Aufregung wollten die beiden sich ausruhen.

„Zieht Ihr doch noch ein wenig um die Häuser, wir sind ja jetzt da", bemerkte Veronika. Sie drückte Jenny und Thomas, versicherte ihnen, wie schön der

Abend gewesen war und wie sie sich freute, sie kennengelernt zu haben.

„Uns hat es auch sehr gefreut", sagten Jenny und Thomas.

„Schlaft gut, und danke, Mama", sagte Sophie.

Die vier tranken im Wohnzimmer noch schnell ihren Champagner aus und zogen dann los, um sich einer der Partys in der Stadt anzuschließen, die längst in vollem Gange waren.

Erst zur Mittagszeit erwachten Sophie und Hannes. Sie waren zwar verkatert, aber immerhin ausgeschlafen, denn Veronika und Gerd hatten sich den Vormittag über um die Kinder gekümmert. Nun hatte das junge Paar Herrn Klocke einen Besuch abzustatten. Als sie dem über Neunzigjährigen in seinem überheizten Wohnzimmer von dem Heckenbrand erzählten, war er sehr erstaunt. Er hatte noch immer nichts davon mitbekommen, weil er bisher nur im Haus gewesen war. Wütend war er auch nicht, vielmehr lachte er, als er von der erfolglosen Löschaktion mit dem Wasser aus der Küche der Kowalskis erfuhr.

„Hinter dem Schuppen stehen eine randvoll gefüllte Regentonne, Gießkannen und Eimer. Da hätten Sie mal nachschauen sollen", kicherte er.

„Das gibt's doch nicht! Das wussten wir nicht", meinte Hannes und schlug sich mit der flachen Hand vor die Stirn, „wir ersetzen Ihnen den Schaden natürlich."

„Damit warten wir bis zum Frühling, vielleicht wächst die Lücke ja von selber zu. Wenn nicht, pflanzen Sie mir einfach ein paar Thujas, und wir vergessen die Sache."

Hannes war sichtlich erleichtert, dass Herr Klocke so gelassen reagierte. Er schüttelte die knochige Hand des alten Mannes und bedankte sich wortreich.

„Wissen Sie, es ist zwar lange her, aber ich war auch mal jung. Da schlägt doch jeder mal über die Stränge. Das muss man nicht so ernst sehen", meinte der Alte. Damit war das Thema für ihn erledigt. Er steckte seine Füße in den dicken Fußwärmer, der vor dem Sofa auf dem Boden stand, wünschte ein gesundes neues Jahr und machte den Ton des Fernsehers an.

Drei

Hannes fand es ziemlich praktisch, die Großeltern in Reichweite zu haben. Er und Sophie konnten in Ruhe arbeiten gehen, ohne schlechtes Gewissen und Zeitdruck. Es war jetzt immer jemand zu Hause, wenn es einmal länger dauerte. Hannes blieb oft und gern bis spät abends im Laden. Seine Musikhandlung hatte er mit viel Herzblut zu dem gemacht, was sie jetzt war: ein cooles und sehr gut frequentiertes Geschäft. Als er den Laden vor fünf Jahren übernommen hatte, bekam man dort Blockflöten, Schifferklaviere, Konzertgitarren und Noten für Volksmusik und Schlager, alles in hässlichen Vitrinen verschlossen, die eine strenge Frau mittleren Alters genervt aufschloss, wenn jemand etwas ausprobieren wollte. Verbittert stellte sie fest, dass das Geschäft nicht mehr lief, weil die Jugend völlig unmusikalisch geworden sei. Als Beweis müsse man nur mal das Radio anstellen und sich den Krach anhören, den man heute Musik nennt. Hannes hatte die günstige Gelegenheit ergriffen, als sie den Laden verkaufte, hatte einen Kredit aufgenommen und wirtschaftete seither mit recht ordentlichem Erfolg in die eigene Tasche. Er und Sophie hatten das altbackene Inventar zum Sperrmüll gebracht, schwarzen Teppichboden mit roten Sternchen verlegt, das Geschäft mit Studioleuchten und modernen Hockern ausgestattet, und man durfte hier in aller Ruhe Gitarren, Bässe und Keyboards ausprobieren. Sophie hatte Flyer für Hannes und eine neue Homepage gestaltet und Zeitungsanzeigen geschaltet. Der Laden brummte. Hannes hatte gut daran getan, auf seine Frau zu hören; zu Beginn hatte sie einige Überredungskünste gebraucht, damit er bereit war, Werbung zu machen. Hannes hätte darauf gesetzt, dass sich ein Qualitätsgeschäft wie seines von selbst herumsprechen würde und er deshalb keinen Cent für Werbung ausgeben müsse. Er konnte manchmal starrsinnig sein, und am liebsten hätte Sophie ihn zur Strafe die Erfahrung machen lassen, wie sein Laden deswegen den Bach runter geht. Doch die Konsequenz hätte schließlich die ganze Familie zu spüren bekommen. Sophie hatte also entgegnet, dass, wenn er richtig liege, sie offenbar einen überflüssigen Beruf habe. Wenn er nicht bereit wäre, ihr das Marketing zu überlassen, würde sie ihren Beruf aufgeben und fortan als Angestellte in Hannes Musikhandlung arbeiten. Das würde er sich sicherlich leisten können, wenn sein Qualitätsgeschäft sich erst herumgesprochen hätte. Nach diesem Gespräch ließ er Sophie in Werbefragen völlig freie Hand.

So wie Hannes profitierte auch Sophie davon, die Babysitter im Haus zu haben. Sie brauchte ihre Gedanken nicht mehr zu unterbrechen, wenn sie gute Einfälle hatte – so lange sie wollte, konnte sie auf der kreativen Welle reiten, Plakate, Homepages und Werbetexte anfertigen. Kundengespräche konnte sie nun auch mal auf den Nachmittag legen, ohne jemanden zum Aufpassen für die Kinder organisieren zu müssen.

Ihre Eltern machten währenddessen mit einer Engelsgeduld die Hausaufgaben mit Lea, holten Jan vom Kindergarten ab. Das Mittagessen war nicht mehr

Tiefkühlkost, sondern frisch zubereitet und stand pünktlich auf dem Tisch. Am Abend riss sich Opa Gerd darum, Geschichten vorzulesen, und zwar so lange, dass Hannes und Sophie intervenieren mussten – die Kinder kämen sonst viel zu spät ins Bett. Hannes und Sophie konnten endlich mal wieder ausgehen. Statt sich tagelang vorher um einen Babysitter zu kümmern, wanderten sie am Abend ganz spontan in die Kneipen und Restaurants ab. Ohne Zweifel war es manchmal auch nervig mit den Eltern im Haus, aber es hatte viele Vorteile.

Im Januar kamen Sophies Freundinnen Kiki und Ellen aus dem Westfalen zu Besuch, und ein Mädelsabend war dabei Pflicht. Die beiden mussten dieses Mal bei Jennifer in Meersburg übernachten, weil Sophie schließlich kein Gästezimmer mehr anbieten konnte. Aber das tat der guten Stimmung keinen Abbruch. Jenny war die Vierte in der eingeschworenen Clique, sie war von den beiden Bielefelderinnen sofort in ihren Kreis aufgenommen worden. Sie hatte sich von ihrem Mann getrennt, nachdem sie ihn mit einer aufgetakelten Tussi knutschend aus einer Pension hatte kommen sehen. Jenny hatte herausgefunden, dass sie sogar Kundin in ihrem Salon war und wusste, dass sie ohne Makeup und Frisur unterdurchschnittlich bis schlecht aussah. Sie freute sich schon auf den Tag, an dem ihr Ex das herausfand.

Sophie bewunderte Jennys Stärke, genauso wie sie Kiki und Ellen anhimmelte. Sie waren echte Sportskanonen, stark und durchtrainiert. Während Sophie sich überwinden musste, am See nicht nur faul aufs Wasser zu schauen, sondern ein paar Runden zu schwimmen, schmissen die zwei Frauen ihre Taschen auf die Wiese, ließen die Kleider von ihren gebräunten und durchtrainierten Körpern rutschen und hechteten elegant ins Wasser. Nach zwanzig Minuten Kraulschwimmen schlenderten sie lässig zu ihrem Platz, kramten die Handtücher raus und legten sich ruhig atmend hin, als hätten sie gerade nur eine kleine, erfrischende Dusche genommen. Auf Partys waren sie seit ihrer Jugend diejenigen, um die sich die coolsten Leute drängten, und bei ihnen war innerhalb kürzester Zeit beste Stimmung, denn Tanzen konnten sie auch noch.

Kiki hatte schwarze Haare, trug einen gerade geschnittenen Bob und meistens knallroten Lippenstift. Wenn sie mit einer Sonnenbrille im Straßencafé saß, starrten alle Leute zu ihr hin, manche machten sogar verstohlen ein Foto mit ihrem Handy, weil sie dachten, sie wäre irgendein Promi. Auch Ellen war eine auffallende Schönheit. Ihre rotblonden Korkenzieherlocken standen wie eine Siebziger-Jahre-Afrofrisur in alle Richtungen. Dadurch sah sie noch größer als, als sie es ohnehin schon war. Dazu trug sie gern hohe Schuhe, so dass jeder sie für ein Model hielt. Sophie , Hannes und die beiden waren seit der Schulzeit unzertrennlich.

Als Kiki und Ellen zum ersten Mal bei Sophie am Bodensee zu Besuch waren, lernten sie Jenny kennen und mochten sie auf Anhieb. Von da an gehörte sie dazu, wann immer sich die Gelegenheit zu einem gemeinsamen Treffen ergab. Zu diesem Mädelsabend gingen die vier in eine der besten Cocktailbars der Gegend, direkt an der Uferpromenade von Meersburg.

Die Frauen ließen sich tief in die cognacfarbenen Ledersessel der „Droste" fallen und beschlossen, die Cocktailkarte rauf und runter zu bestellen. Während hinter den großen Fensterscheiben der winterliche Bodensee still und dunkel vor ihnen lag, spielte drinnen ruhige Loungemusik. Die großen Spiegel an der Wand reflektierten den Kerzenschein und die Beleuchtung der exzellent ausgestatteten Bar, die mit fließenden Übergängen die Farbe wechselte. Esteban, der Barkeeper, servierte die erste Runde und stellte ein Schälchen gesalzene Macadamia-Nüsse auf den Tisch.

Unweigerlich kam das Gespräch auf den Einzug von Sophies Eltern. Keine der drei Frauen könnte es sich vorstellen, auch nur eine einzige Woche mit den eigenen Eltern zusammen zu wohnen. Sie würden das allenfalls im Notfall in Kauf nehmen, wenn sie plötzlich pflegebedürftig wären; aber auch dann nur so lange, bis endlich ein Platz im Altersheim frei würde. Sophie fand es um so beglückender, dass es mit ihren Eltern so gut lief. Sie war überzeugt davon, dass eine Großfamilienkonstellation im Prinzip bei allen funktionieren müsse, vorausgesetzt, dass sie die gegenseitige Privatsphäre respektieren würden. Die drei Mädels glaubten nicht eine Sekunde, das könne funktionieren, und stellten sich eine Zwangs-WG mit ihren Eltern vor. Dabei übertrafen sie sich mit Horrorszenarien, die in Varianten alle mit dem Tod eines der Familienmitglieder endeten. Sophie nippte unbekümmert an ihrer Margarita, sehr darauf bedacht, bei jedem Schluck ein neues Stück von dem Salzrand an den Lippen zu haben. Sie selbst spielte nicht mit. Erstens konnte sie sich beim besten Willen nicht vorstellen, was in einer so kurzen Zeit schief gehen sollte. Zweitens war es für sie ja überhaupt kein Spiel, sondern Realität. Eine ziemlich gut funktionierende Realität sogar.

Sie dachte versonnen an ihren Wettbewerb aus Jugendtagen, den sie mit Kiki und Ellen früher manchmal durchexerziert hatte: *Wer hat die schrecklichste Mutter?* Mit rabenschwarzer Seele hackten die Mädels auf allen schlechten Eigenschaften ihrer Mütter herum, je schrecklicher, desto besser. Jede durfte am Schluss einen Punkt vergeben, außer an die eigene Mutter. Wer die meisten Punkte hatte, hatte gewonnen und wurde von den anderen beiden bemitleidet. Es war gemein und oft ungerecht, aber schließlich fühlten sie sich von ihren Müttern auch ungerecht behandelt. Hinterher fühlten sich die drei jedes mal tiefengereinigt. Endlich konnten sie alles rauslassen und wurden sogar noch mit Verständnis überschüttet! Seit Sophie selbst eine Tochter hatte, spielte sie allerdings nicht mehr ganz so enthusiastisch mit, und vor Lea verborgen bleiben musste dieser Wettbewerb selbstredend. Sophie wollte die Kleine nicht schon vor der Pubertät auf dumme Gedanken bringen.

Zuletzt hatten sie *Wer hat die schrecklichste Mutter?* durchexerziert, als sie im letzten Studienjahr waren. Kikis Mutter Elisabeth hatte sich mit ihrem Vater gestritten. Lautstark und im Auto. Kiki saß auf der Rückbank und musste das alles anhören. Als Elisabeth das Gefecht zu verlieren drohte, richtete sich ihr Zorn gegen Kiki, die doch bitte auch mal ihre Meinung sagen sollte. Kiki fing nur an zu heulen und schrie, dass die beiden aufhören sollen, zu streiten. Daraufhin beschimpfte Elisabeth ihre Tochter als Verräterin, sie würde immer nur zu ihrem Vater halten, ließ sich an einem Autobahnparkplatz absetzen und lief die restlichen fünfundzwanzig Kilometer wutschnaubend nach Hause. Kiki und ihr Vater betranken sich so lange, bis Elisabeth mitten in der Nacht unversehrt zu Hause ankam. Seither hatten sie eine lebensnahe Vorstellung davon, was die Radiomeldung „Achtung auf der A44, Personen auf der Fahrbahn" zu bedeuten hatte.

Nach Kiki war Ellen an der Reihe gewesen. Sie hatte gerade in Bielefeld mit dem Medizinstudium begonnen, als ihr jüngerer Bruder von zu Hause auszog und sich mit einem Kumpel ein WG-Zimmer in der Nähe nahm. Die beiden waren leidenschaftliche Kiffer, zahlten weder pünktlich die Miete noch die Telefonrechnung. Dafür saßen sie in ihrer versifften Wohnung, pafften ein Tütchen nach dem anderen und ließen das Semester sausen. Als dann Post von einem Inkassounternehmen kam, die an ihre Eltern adressiert war, gab es richtig Ärger. Und zwar für Ellen! Sie hätte auf ihren Bruder aufpassen müssen, als große Schwester versagt und so weiter. Ellen weinte nur noch, außer wenn sie gerade in einer Vorlesung saß und sich zusammenriß. Ellen war eine ehrgeizige Studentin.

Veronika war damals dabei, Sophies Hochzeit zu planen. Das hatte sie schon angekündigt, als ihre Tochter noch ein kleines Mädchen war. *Wenn Du mal heiratest, richten wir Deine Hochzeit aus. Du bekommst das schönste Kleid, das Du dir vorstellen kannst, und der Papa führt dich zum Altar.* Als es dann soweit war, machte Veronika sich voller Eifer an die Planung. Perfekt und standesgemäß. Nur dass Sophie und Hannes eine schlichte Hochzeit viel schöner gefunden hätten. Sie waren gerade mit der Uni fertig und wollten gern locker mit ihren Familien und Freunden feiern. Doch Veronika wollte ein rauschendes Fest für ihre Tochter, ließ sich das Zepter nicht aus der Hand nehmen, plante die Location, das Fünf-Gang-Menü, Dekoration, Sitzordnung, lud die Gütersloher Hautevolee ein und bestimmte sogar um die Garderobe der Gäste – Damen in lang, Herren im Smoking. Die Hochzeit war natürlich bravourös, auch wenn diese Perfektion nicht zum Brautpaar passte und Hannes in seinem Anzug völlig verkleidet aussah. Sophie trauerte der lockeren Hochzeitsparty damals noch lange nach. Den Titel der schrecklichsten Mutter gewann Veronika aber nicht. Sie hatte es immerhin gut gemeint, auch wenn sie am Ziel vorbeigeschossen war. Ellens Mutter gewann mit zwei Punkten.

Jenny riss Sophie aus ihren Gedanken, die nächste Cocktailrunde wurde mit einem Prince-of-Wales eingeläutet, der stilecht im Silberbecher gereicht wurde. Die vier Frauen stießen an. Sophie nippte und überlegte, ob das Leben von mehreren Generationen unter einem Dach die ursprünglichste Form des Zusammenlebens war. Es gab in vielen Städten sogar Mehrgenerationenhäuser, unterschiedliche Generationen wollten also offenbar zusammen sein. Die Zeitungen waren voll von Annoncen, in denen Leute eine Leihoma für ihre Kinder suchten. Eltern waren heutzutage ständig im Stress, Kinder trödelten gern. *Beeil Dich* sollte laut einer Fachzeitschrift der von Eltern am häufigsten gebrauchte Satz sein. Warum also sollten sich nicht die Großeltern um ihre Enkel kümmern?. Rollator und Bobbycar dürften ungefähr das gleiche Tempo haben.

Oder war das Erreichen der Volljährigkeit der Punkt, an dem Eltern und Kinder sich endgültig voneinander trennen sollten? Die Pubertät gab es ja nicht umsonst. Sie diente offenbar nicht nur der Geschlechtsreife, sondern bewirkte bei den Eltern, dass sie ihre heißgeliebten Sprösslinge in die böse Welt hinausziehen ließen. Mit einem Tritt in den Arsch, wenn es sein musste. Sophie war dabei, das herauszufinden.

Sie hatte selbst so schnell wie möglich die Fliege gemacht, nicht einmal die Vergabe der Abiturzeugnisse hat sie abgewartet. Warum hatte sie das getan? Waren ihre Eltern schlimmer, als sie es sich eingestehen wollte? Oder hatten ihre Eltern am Ende sogar sie loswerden wollen? Die ehrliche Antwort war: Sophie wusste es nicht mehr. Sie wusste zwar noch, dass ihre Eltern sie genervt hatten, aber was hieß das schon bei einem Teenager?

Die Zeiten hatten sich geändert, spätestens seit sie selbst Kinder hatte. Jetzt fühlte sie sich plötzlich mit ihrer Mutter im gleichen Club. Früher fand Sophie es lächerlich, aber jetzt konnte sie nachempfinden, warum ihre Mutter damals die Polizei gerufen hatte, als sie eine Nacht verschwunden war.

Sophie fand ihre Eltern im Großen und Ganzen cool. Hannes offenbar auch, sonst würde er sie kaum bei sich einziehen lassen. Außerdem war das ein positives Signal an die eigenen Kinder. Wenn Freunde oder Nachbarn abends bei ihnen eingeladen waren, saßen Gerd und Veronika überaus vorzeigbar bei ihnen am Tisch, öffneten Weine und erzählten kurzweilige Anekdoten. Gerd war erstaunlich gesprächig in der jungen Gesellschaft und gab sogar seine Dialekte zum

Besten, die Hannes und Sophies Freunden die Lachtränen in die Augen trieben. Verglichen mit Kikis oder Ellens Eltern waren sie richtige Vorzeigeeltern. Sophie trank den Prince-of-Wales leer und machte innerlich einen Haken unter das Thema. Sollten die Mädels doch Kassandra rufen.

Gegen Mitternacht stemmten sich die vier aus ihren tiefen, warmgesessenen Ledersesseln. Eigentlich hätte die Bar schon um zehn Uhr geschlossen, aber die Frauen hatten beim Bestellen ein ordentliches Tempo vorgelegt, so dass Esteban den Laden länger offengelassen hatte. Jenny und Sophie waren häufiger seine Gäste, und er mochte sie und wusste, dass sie immer ein großzügiges Trinkgeld gaben. Untergehakt wankten sie zum Kreisverkehr am Ende der Meersburger Uferpromenade, wo sie zusammen auf Sophies Taxi warteten. Noch schwärzer als vorhin lag der Bodensee vor ihnen, am gegenüberliegenden Ufer glitzerten einige Lichter aus Konstanz und der Schweiz hinüber. Meersburg war wie ausgestorben. Im Sommer traten sich die Touristen hier wörtlich auf ihre mit Trekkingsandalen und Socken bekleideten Füße, im Winter war tote Hose – nur wenige Kneipen und Restaurants hatten überhaupt geöffnet, die meisten Gastwirte arbeiteten auf den Skihütten in Österreich oder in der Schweiz. Wären die Frauen nicht völlig betrunken gewesen, hätten sie die Atmosphäre vielleicht als unheimlich empfunden. Als endlich das Taxi kam, drückte Sophie ihre drei Freundinnen, bevor sie hinten einstieg. Sie wollten das kleine Stück zu Jennys Wohnung nicht mitgenommen werden, sondern auf dem Heimweg noch frische Luft schnappen.

„Es war wie immer eine Freude mit euch!", rief Sophie und knallte die Autotür zu. Jenny, Kiki und Ellen verbeugten sich theatralisch, lachten und machten sich an den Aufstieg zu Jennys Wohnung. Wenn sie nicht einen Riesenumweg gehen wollten, mussten sie nun die schier unendliche Treppe durch den Meersburger Weinberg östlich des Neuen Schlosses hochsteigen.

„Ich glaube nicht, dass das lange gut geht", schnaufte Ellen, die mindestens zwei Cocktails zu viel intus hatte, „mit Sophies Eltern meine ich."

„Ich auch nicht!", antworteten Kiki und Jennifer gleichzeitig.

Sophie probierte einige Minuten, den Schlüssel ins Schloss zu stecken, was mit ihrem Alkoholpegel schwerer war als gedacht. Sie fummelte schon minutenlang in der Kälte herum, da machte Hannes von innen die Haustür auf. Gott sei dank, dass er noch wach war. Dankbar hängte sich Sophie an ihren Mann und griff mit eindeutigen Absichten vorne in seine Schlafanzughose.

„Ich war schon im Bett, und da will ich jetzt auch wieder hin", erklärte Hannes und entfernte ihre Hand aus seinem Schritt.

„Ich doch auch", lallte Sophie und probierte ein verführerisches Lächeln aufzusetzen. Hannes stieg die Treppen hinauf, legte sich wieder hin und knipste das Licht an seiner Seite des Bettes aus. Sophie wankte schnell ins Badezimmer, putzte sich die Zähne, wusch sich das Gesicht und warf ihre Klamotten über den Badewannenrand. Im Schlafzimmer kroch sie schnell unter die Decke und kuschelte sich nackt an Hannes.

„Das war ein toller Abend," sie küsste ihn und streichelte über seine Brust, „schön, dass Du noch wach bist." Hannes drehte den Kopf zur Seite.

„Ich kann nicht einschlafen, solange Du nicht zu Hause bist, das weißt Du doch."

„Umso besser für uns." Sophie krabbelte auf Hannes drauf und küsste ihn am Hals weiter.

„Mensch Sophie, ich will jetzt schlafen. Bitte geh auf Deine Seite."

„Ach komm schon, Du bist doch eh noch wach."

„Erst schlägst Du Dir die Nacht um die Ohren, kommst total besoffen nach Hause und jetzt willst Du mich mit deinen unkoordinierten Versuchen anmachen." Er drehte sich unwillig zur Seite, so dass Sophie von ihm herunterrutschte.

„Ja, ganz genau", fauchte Sophie, „was ist eigentlich los mit dir?"

„Ich habe versucht, Dich zu erreichen, aber Du gehst ja nie ans Telefon. Wo wart Ihr?"

„Du weißt ganz genau, wie viel mir die Zeit mit den Mädels bedeutet, da habe ich wirklich Besseres zu tun, als zu telefonieren."

„Aha, Du gehst also absichtlich nicht ans Telefon, wenn ich anrufe!" Hannes Stimme wurde immer lauter, er war in Streitlaune.

„Wenn Du mit Thomas ausgehst, kann ich Dich auch nicht erreichen, und wenn Du dann irgendwann spät nachts nach Hause kommst, willst Du grundsätzlich noch eine Nummer schieben, auch wenn es dann schon nicht mehr so richtig klappt. Dir ist es dann sogar völlig egal, wenn ich schon tief und fest geschlafen habe", entgegnete sie vorwurfsvoll.

„Ja klar, *Du* schläfst wie ein Baby, wenn ich nicht da bin!"

„Jetzt hör aber auf!" Sophie packte wütend ihre Bettdecke und ihr Kissen und trampelte aus dem Zimmer. Sollte der blöde Kerl doch alleine schmollen. Als sie mit ihrem Bettzeug unter dem Arm nackt die Treppe hochgehen wollte, fiel ihr ein, dass oben kein Gästezimmer mehr war. Und dann fiel ihr ein, dass ihre Eltern womöglich den ganzen Streit mitangehört hatten. Zumindest das Ende, als sie und Hannes so geschrien hatten. Sie könnte sich unten im Wohnzimmer aufs Sofa legen, aber wenn die anderen am nächsten Morgen runterkämen, wäre das bestimmt unangenehm. Unschlüssig stand sie einen Moment im Flur, ging dann zurück ins Schlafzimmer, warf das Bettzeug aufs Bett und holte sich einen Schlafanzug aus dem Schrank. Wütend legte sie sich so weit an den Rand wie möglich. Hannes machte keinen Mucks. Wenigstens entschuldigen könnte er sich, fand Sophie. Dann hörte sie neben sich leises Schnarchen.

„Arschloch", sagte sie in die Dunkelheit hinein.

Vier

Im Februar stellte Sophie fest, dass ihre Eltern langsam anfingen zu nerven. Abgesehen davon, dass sie noch keine Wohnung gefunden hatten, entdeckte sie ganz neue schrullige und fremde Eigenarten an Veronika und Gerd. Sie überlegte, ob sie früher schon so waren oder ob sie sich ihr Verhalten erst im Lauf der vergangenen Jahre angeeignet hatten – sie konnte es nicht mit Gewissheit sagen. Für ihren Geschmack fühlten sie sich inzwischen ein bisschen zu sehr zu Hause. Anders war es nicht zu erklären, dass sie sich ständig in ihrem Wohnzimmer aufhielten, obwohl sie sich oben extra ein Wohnzimmer eingerichtet hatten. Sie hatten ein unerwartet starkes Nähebedürfnis. Vor dem Hintergrund, dass Sophie und Claire Überredungskünste hatten anwenden müssen, um sie an den Bodensee zu holen, konnte sie nicht verstehen, woher diese Anhänglichkeit plötzlich kam.

Gerd hatte eine fantastische Gemütlichkeit entwickelt, die ihm vor seiner Pensionierung noch völlig gefehlt hatte. In aller Seelenruhe saß er jeden Morgen mehrere Stunden unten im Wohnzimmersessel, las die Zeitung und machte sich alle halbe Stunde einen frischen Kaffee. Die Gemütlichkeit wurde von einem schicken Schlafanzug, einem dazu passenden Morgenmantel mit Schalkragen und fellgefütterten Lederpantoffeln unterstrichen – ein Outfit, das so perfekt aufeinander abgestimmt war, dass Sophie sich wunderte, warum er sich dann zum Mittagessen doch noch richtig anzog. Seine vollen Haare waren auch morgens schon perfekt in Form geföhnt, das machte ihre Mutter immer, bevor er herunterkam. Sophie erinnerte sich dunkel an seinen Frotteebademantel, den er in ihrer Kindheit getragen hatte, und zwar nur am Sonntagmorgen. Er war in drei verschiedenen Brauntönen gestreift und wunderbar abgewetzt. An allen anderen Wochentagen war er schon morgens normal gekleidet, so weit sie sich erinnern konnte.

Veronika war morgens lange im Bad beschäftigt, gottseidank hatten sie ein eigenes! Sophie hörte den Föhn und den Lockenstab, untermalt von ihrer allmorgendlichen, viel zu lauten Meditationsmusik, zu der jemand mit chinesischem Akzent in Endlosschleife „Love peace and harmony" sang. Laaaf piiieeeees änd haaaahaaamoniiieee, laaaf piiieeeees änd haaaahaaamoniiieee … Das Lied machte Sophie aggressiv. Da fand sie sogar „Cop Killer" von Body Count, das Hannes morgens gern auflegte, wesentlich beruhigender. Wenn die Ohrvergewaltigung vorbei war, kam Veronika perfekt frisiert, gut duftend und geschminkt die Treppe herunter. Jeden Morgen war sie so schick angezogen, als würde sie wer-weiß-wen erwarten, selbst wenn sie den ganzen Tag nur im Haus verbrachte. Hose mit Bügelfalte, gebügelte Bluse, ein feines Strickjäckchen, Kette, Halstuch, Gürtel – das volle Programm. Veronika musste ihre Tochter und Hannes für Penner halten, zumindest gemessen an ihren eigenen Ansprüchen: Wenn die Kowalskis einen Regentag am Wochenende im Haus verbrachten, tauschten sie nach dem Frühstück allerhöchstens die Schlafanzughose gegen eine Jogginghose, gammelten auf dem

Sofa, wo sie auch alle Mahlzeiten zu sich nahmen, schauten fern, hörten laute Rockmusik oder spielten.

Veronika erinnerte Sophie mit den langen, blonden, stets frisierten Haaren und dem ständigen Herumgewusel an die bezaubernde Jeannie aus der Sechziger-Jahre-Serie. Allerdings lief sie nicht barfuß, sondern trug sogar im Haus den ganzen Tag lang Pumps, so etwas wie Sneaker besaß sie nicht ansatzweise. Veronika hatte auch kein Dauergrinsen wie ihr Leinwandpendant auf dem Gesicht, aber der Vergleich passte trotzdem.

Veronika und Gerd kamen immer erst herunter, wenn Lea und Jan gefrühstückt und Sophie sie bereits in die Schule und den Kindergarten gebracht hatte. Dafür leisteten sie ihr Gesellschaft, wenn sie normalerweise allein war und mit ihrem Homeoffice begann, das sich seit der Familienerweiterung am Esstisch befand. Im Zehn-Minuten-Takt nervte Veronika Sophie bei der Arbeit, das ging in etwa so:

„Ich mache schon mal Mittagessen, Du musst Dich heute nicht darum kümmern."

„Mögen die Kinder eigentlich Kohlrabigemüse?"

„Soll ich einen Salat vorweg machen?" Spätestens nach der dritten Unterbrechung war es Sophie unmöglich, konzentriert weiter zu arbeiten, denn sie wartete innerlich schon darauf, dass ihre Mutter erneut hereinplatzte. So kam es dann auch.

„Muss Hannes eigentlich jeden Tag Fleisch zum Mittagessen haben?"

„Dürfen die Kinder einen Nachtisch haben?"

„Brauchst Du noch lange? Wenn Du hier wegräumst, könnte ich schon mal den Tisch decken?"

Meinte Veronika es gut oder wollte sie unbedingt das Gefühl haben, gebraucht zu werden und etwas Nützliches tun? Sophie riss sie sich zusammen, so gut es ging, doch innerlich kochte sie. Sie wagte es kaum noch, während ihrer Arbeit aufzustehen und sich in der Küche einen Kaffee zu holen, denn dort warteten noch mehr Fragen auf sie.

Nach kurzer Zeit ging Sophie dazu über, sich mit dem Laptop ins Ehebett zu setzen, in dem sie ihre Ruhe hatte. Vernünftig arbeiten konnte sie dort nicht, Papierkram, Telefon und Computer waren im Bett unbequem. Doch die Unterbrechungen brachten sie jedes Mal völlig aus dem Konzept, und es war nervig, ihre ganzen Entwürfe jeden Mittag wegzuräumen, damit die Familie am Esstisch sitzen konnte. Weitere drei Tage später kapitulierte Sophie und richtete sich den antiken Sekretär ihrer Eltern mit dem riesigen Sessel davor als ihren neuen Arbeitsbereich im Schlafzimmer ein. Sie räumte die Dekoration ihrer Mutter vom voll gestellten Tisch in den Keller, schleppte alle Akten, Zettel und den Laptop, die sie allesamt erst vor Kurzem vom zweiten Stock ins Esszimmer geräumt hatte, in ihr Schlafzimmer und schloss die Tür hinter ihr. Endlich Ruhe. Herrlich.

Sophie hörte Veronika nur noch gedämpft in der Küche klappern. Kurz darauf hörte sie das Klack-Klack-Klack ihrer Pumps auf der Treppe. Bitte komm nicht hoch. Bitte …

„Was machst Du denn da?"

„Arbeiten."

„Im Schlafzimmer? Das ist aber nicht gesund mit der Strahlung des Computers."

„Ist doch egal, ich brauche Ruhe zum arbeiten, und Du kommst alle zwei Minuten rein und störst."

„Ich habe doch nur kurz etwas gefragt."

„Das stört mich aber."

„Was glaubst Du, wie andere Leute arbeiten, die mit mehreren Menschen in einem Büro sitzen. Das ist doch ganz normal, das solltest Du aber wirklich verkraften können."

„Was heißt da verkraften?"

„Wenn Dir ständig alles zu viel wird, kannst Du das ändern. Es gibt so tolle Techniken, autogenes Training, Meditation. Ich habe Dir das ja schon oft angeboten, aber Du willst ja nie."

„Ich brauche das nicht!", inzwischen schrie Sophie, „wenn Du nicht ständig nerven würdest, wäre ich total entspannt!"

„Entspannt? Aha! Na, dann koche ich mal weiter das Mittagessen für Deine Familie."

Sie versuchte die Tour mit dem Schuldbewusstein vergebens, davon ließ sich Sophie nicht kleinkriegen, heute nicht.

„Mach das. Und Tür zu!", brüllte sie.

Jetzt hieß es, das Thema innerlich abzuhaken, sonst wäre ihre Produktivität dahin. Ein Kaffee wäre toll. Ging aber nicht, dafür müsste Sophie ihrer Mutter hinterher in die Küche. Es wird Zeit, dass wir endlich getrennte Wege gehen, zumindest was die Wohnungen angeht, dachte Sophie.

Bis es soweit war, musste sie sich mit den neuen Unbequemlichkeiten arrangieren. Es hatte einen triftigen Grund gehabt, dass Sophie ihr Büro mit dem kleinen Umzug im Esszimmer eingerichtet hatte: Es war warm! Das Schlafzimmer hingegen war kalt, sogar sehr. Sollte es ja auch, denn Hannes und Sophie schliefen auch im Winter gern bei offenem Fenster. Nach einer halben Stunde am Schreibtisch waren ihre Finger eingefroren, obwohl sie bereits mit dicken Socken, Strickjacke und Wärmflasche versorgt war. Ab sofort drehte Sophie gleich nach dem Aufstehen die Heizung auf, damit es am Vormittag annähernd warm und erträglich zum Arbeiten wurde. Allabendlich drehte sie die Heizung ab und riss das Fenster auf, damit sie gut schlafen konnten, am nächsten Morgen heizte sie dann aufs Neue. Sophie erinnerte sich dunkel an einen Radiator, der in irgendeiner Kiste ihrer Eltern sein musste. Wenn sie nur wüsste, wo der war. Veronika und Gerd suchten trotz des Streits in den nächsten vier Tagen im Keller danach; sie hatten ein schlechtes Gewissen. Es war ja so offensichtlich, dass das arme Kind nur wegen ihnen im kalten Schlafzimmer arbeiten musste. Aber sie fanden das Gerät nicht. Sophie überlegte, vom kalten Schlafzimmer wieder ins laute Esszimmer umzuziehen, beschloss aber, die Situation einfach weiter zu ertragen, bis sie ihr geliebtes Arbeitszimmer im zweiten Stock wieder in Beschlag nehmen konnte.

In der Nacht hatte Sophie einen Traum: Aliens landeten auf der Erde und klingelten an ihrer Tür. „Wir kommen in friedlicher Absicht", ratterten die Aliens herunter, aber alle Hollywood-Streifen lehren uns, dass dies niemals stimmt. So war es auch in Sophies Traum. Sie ließ die Außerirdischen herein, und sie richteten ihre blinkende Schaltzentrale in den Zimmern des Obergeschosses ein. Als sie damit fertig waren, kamen sie die Treppe herunter ins Erdgeschoss und erweiterten die Schaltzentrale auf Küche, Wohnzimmer und Esszimmer. Kurz darauf kamen sie auch in den ersten Stock und wuselten und ratterten dort herum. Schließlich war das ganze Haus voller blinkender Lichter und summender Geräte, bis auf ihr Schlafzimmer. Mit klopfendem Herzen wachte Sophie auf. Man musste kein Psychologe sein, um diesen Traum zu deuten.

Fünf

Den Verlust eines eigenen Haushalts kompensierte Veronika, indem sie stückchenweise die Macht im Hause der Kowalskis ergriff. Mit der Küche fing es an. Es war nicht so, dass Sophie nicht liebend gern eine Hilfe gehabt hätte – aber das Sagen im Haus wollte sie schon behalten. In diesem Punkt ließen sich die Vorstellungen von Mutter und Tochter nicht miteinander vereinbaren.

Veronika belehrte ihre Tochter zunächst, was in ihrer Küche alles fehlte. Dabei war Sophie in den vergangenen zwanzig Jahren mit ihrer Ausstattung ganz gut zurecht gekommen. Ihre Küchengeräte aus Studentenzeiten bestanden aus den aussortierten Teilen aus dem Haushalt ihrer Mutter. Zusammen mit Hannes` Resten aus seinem Elternhaushalt reichte ihr das im Alltag. Aber für Veronika war das bei Weitem nicht genug.

„Hast Du denn gar keinen Kartoffelstampfer?", fragte sie eines vormittags, als sie das Mittagessen für die inzwischen sechsköpfige Familie zubereitete (sie traute sich erstaunlich schnell wieder in Sophies Schlafzimmer).

„Nimm doch einfach den elektirschen Handrührer mit den zwei Aufsätzen, das geht viel schneller als ein Stampfer", erklärte Sophie. Von unten aus der Küche hörte Sophie kurz darauf elektrische Küchengeräusche und wähnte alles im Guten. Doch kurz darauf stand Veronika wieder in der Tür und bat sie, ihr in die Küche zu folgen. Nach einem genervten Blick in das Gesicht ihrer Mutter wusste sie, dass sich Widersprechen nicht lohnen würde; ihre hellrot geschminkten Lippen waren aufeinander gepresst, und eine steile Falte trennte ihre Augenbrauen. Sophie seufzte, denn sie hatte gerade eine gute Plakat-Idee für eine Seventies-Party im Kopf, die einer ihrer Kunden in seiner Disco veranstalten würde: Umrisse einer tanzenden Frau mit regenbogenfarbener Afrofrisur, auf schwarzem Hintergrund mit knallbunten Sternchen, die dynamisch in alle Richtungen fliegen. Darunter das Clublogo. Eine glückliche, feiernde Frau, die sich sicherlich bald einen Joint genehmigen würde ... eine richtig gute, kreative Welle. Einen weiteren Streit wollte Sophie vermeiden, da kam sie lieber mit runter, um die Stimmung ihrer Mutter wieder auf ein erträgliches Maß zu bringen. Vielleicht war sie beim letzten Mal doch ein wenig unwirsch gewesen, das musste sie vor sich selbst einräumen. Unten am Herd zeigte Veronika auf den Kartoffelbrei und gab ihr einen Löffel zum Probieren. Lecker war was anderes, der Brei war total schleimig. Ein ekliges Gefühl im Mund. Kein Wunder, dachte Sophie, die neben dem Topf den Corpus Delicti entdeckt hatte: den Pürierstab.

„Wenn man Kartoffeln mit dem Pürierstab zerkleinert, zerschlagen die Messer die Stärkemoleküle und machen den Püree schleimig. Das ist total normal", gab Sophie ihr Chefkoch.de-Wissen weiter. Schön, mal etwas besser zu wissen als die Allrounder-Küchenfee.

„Warum hast Du denn nicht den Handrührer genommen, wie ich es gesagt habe?"

„Das hast Du nicht gesagt", behauptete Veronika, „außerdem habe ich kein Rührgerät gefunden, in dieser Küche ist ja nichts, wo es hingehört."

Na klar, und wenn der Bauer nicht schwimmen kann, ist die Badehose schuld, dachte Sophie.

„Wo gehört das denn Deiner Meinung nach hin?" Sophie war kurz davor, doch wieder einen Streit anzufangen. Aber wozu? Sie wollte einfach weiterarbeiten, legte ihrer Mutter versöhnlich die Hand auf den Arm.

„Ist egal, schmeckt auch so prima."

Das Mittagessen ging ohne Gemecker über die Bühne – es schmeckte zwar nicht, aber das merkte niemand bei der Aufregung am Tisch, die mit Lea und Jan mal wieder herrschte. Lea hatte eine Mathearbeit geschrieben und hielt sie mit der Frage auf Trab, wie viele Frösche, Fliegen und Spinnen zusammen achtundzwanzig Beine hätten. Das fanden sogar die Erwachsenen ziemlich schwierig und ein allgemeines Knobeln begann. Als sie die Lösung endlich gefunden hatten, triumphierte Lea, sie hätte es im Matheunterricht schneller geschafft. Auch Jan war aufgeregt. Im Kindergarten hatte ein Kind einem anderen mit der Schippe eins übergezogen. Darum hatte er eine echte Platzwunde mit richtig viel Blut gesehen. Die Mutter musste sogar kommen und das Kind ins Krankenhaus bringen. Echt aufregend! Währenddessen schaufelten sich alle das Essen rein, dass der gute Knigge vor Scham im Boden versunken wäre. Auch das Püree wurde dabei vernichtet, ohne dass jemand über die Konsistenz gemeckert hätte.

Beim Dessert schlug Veronika Sophie vor, die Küche einmal gescheit einzuräumen.

„So wie Du das gemacht hast, ist es unpraktisch."

„Wenn Du Dich dann besser zurechtfindest, mach das ruhig. Ich bin ja erst Mitte dreißig, mir fehlt da einfach die Lebenserfahrung."

„Du wirst sehen, dass es hinterher besser ist", meinte Veronika und stand mit Schwung vom Tisch auf, so dass ihre mit viel Haarspray einzementierten Wellen mit der Bewegung wippten. Sophie ließ ihr den Spaß. Diesen Kampf wollte Sophie jetzt nicht ausfechten, und schließlich kochte ja im Moment nicht sie jeden Tag, sondern ihre Mutter. Sollte sie die Küche halt so einrichten, wie sie wollte.

Als Sophie am Abend Butterbrote für die Kinder schmierte, war die Küche komplett neu eingeräumt. Sie musste zwar erst ein wenig suchen, bis sie sich in der neuen Ordnung zurechtfand. Aber dafür waren alle Schubladen und Schränke sauber ausgewischt – eine Aufgabe, die sie nur ungern erledigte.

„Danke, Muttern", rief Sophie mehr pflichtbewusst als ehrlich dankbar zu Veronika ins Wohnzimmer. Ihr fiel der nagelneue Kartoffelstampfer ins Auge. Silbern, groß und altmodisch. Und wie sich später herausstellen würde, war er zum Kartoffeln stampfen völlig ungeeignet. Sophie wusste schon, wem sie ihn beim Auszug in den Umzugskarton legen würde. Bald, ganz bald.

Sechs

Veronika räumte für ihr Leben gern um. Diese Leidenschaft hatte Sophie von ihrer Mutter geerbt, und auch bei Lea machten sich erste Anzeichen bemerkbar – sie schob schon die leichteren Möbel in ihrem Kinderzimmer hin und her. Sophie hatte sie kürzlich mit einem Hammer erwischt, als sie alleine ein Paar Bilder umhängen wollte. Und das mit nur zehn Jahren! Im Prinzip waren alle Frauen der Familie vom Inneneinrichtungsfieber infiziert.

Umräumen gab Sophie einen kreativen Schub, wann immer ihr die Ideen ausgingen. Sie stellte Sofa, Sessel, Beistelltische und Kommoden um, bis das Zimmer einen ganz neuen Look hatte. Dann hängte sie die Bilder um, zog die Nägel aus der Wand und verspachtelte die Löcher aus Mangel an Moltofill mit Zahnpasta – darum rochen die Wände nach Sophies Umräumaktionen oft nach Minze. Sie konnte sich darauf verlassen, dass mit dem neuen Look auch neue Ideen für ihre Arbeit kamen.

In ihrem Haus in Gütersloh hatte Veronika jede Menge Gelegenheit zum Umräumen gehabt. Diesem Tick konnte Veronika nun nicht mehr ohne Weiteres nachgehen, denn die drei Zimmer im Dachgeschoss waren mit den vorhandenen Möbeln auf die einzig mögliche Art und Weise eingerichtet. Die Dachschrägen machten es unmöglich, Regale, Schrank oder Sofas umzustellen, ohne es hinterher unpraktischer oder ungemütlicher zu haben. Veronika musste für die Zeit, in der sie bei den Kowalskis wohnte, also zwangsläufig mit dem Umräumen aufhören. Aber man nimmt einem Junkie ja auch nicht einfach seine Spritze weg. Es konnte also gar nicht lange gut gehen.

Als Sophie mit den Kindern eines Mittags nach Hause kam, hatte Veronika sich ihr Wohnzimmer einverleibt. Sophie versuchte bei dem Anblick, nicht zu schreien. Sie dachte ein paar Sekunden an die Übungen aus dem Geburtsvorbereitungskurs. Einatmen – und den Schmerz ausatmen – einatmen – und den Schmerz ausatmen. Zur Sicherheit zählte sie im Geiste noch bis zehn, bevor sie etwas sagte.

„Was wird das denn, wenn es fertig ist?", presste sie künstlich gelassen hervor.

„Was heißt da, wenn es fertig ist? Das ist es schon! Ich wollte es Dir etwas netter machen", begann Veronika.

„Netter?" Sophies Stimme wurde nun doch ein wenig schrill. Wenn Hannes das sehen würde, würde er ausrasten. Vielleicht nicht gegenüber seiner Schwiegermutter, aber wenn er mit Sophie allein wäre sicherlich.

„Erklär´ mir bitte mal ganz genau, was Du bezwecken wolltest."

„Ich habe die Möbel vom Wohnzimmerteppich heruntergeschoben und gründlich gesaugt, das macht hier ja sonst keiner. Unter dem Teppich war vielleicht ein Dreck! Weil der Sisal eben so rieselt."

Das hatte sie sich schön zurechtgelegt, aber Veronika saß in der Klemme, denn sie wusste, dass Sophie Perserteppiche hasste. Und Sophie wusste, das ihre Mutter das wusste. Trotzdem konnte das Veronika nicht aufhalten.

„Eure roten Sessel passen einfach perfekt dazu, wie dafür gekauft."

„Na klar, rote Sessel, roter Perserteppich. Jetzt verstehe ich!" Sophie tippte sich mit dem Finger an die Stirn, ihr Puls wurde jetzt am Hals deutlich spürbar.

„Naja, dann sahen die Lampenschirme dazu ein bisschen billig aus. Wir haben doch so schöne Sachen im Keller, warum sollten wir das nicht einfach mal ausprobieren? Wir haben doch so viel Zeit?"

„Schick!"

„Siehst Du? Die Lampenfüße passen auch dazu." Veronika hatte Sophies Ikea-Lampen gegen ein paar antike, geschwungene Lampenfüße ausgetauscht, die sie aus ihrem viel zu vollen Keller gekramt hat. Mit den Lampen hatte Veronika recht, die waren wirklich schön. Die würde sie einfach behalten, wenn ihre Eltern auszogen. Doch leider waren auch die Schwarzweiß-Fotografien der Kowalskis von den Wänden verschwunden. Ihre schönsten Bilder hatte Sophie in einer wilden Hängung, die sehr viel Geschick und Ausprobieren gekostet hatte, aufgehängt. Nun hing über der Couch ein alter Schinken, ein Landschaftsaquarell in einem grässlich braunen Rahmen. Schweinemäßig wertvoll, aber auch potthässlich.

„Du hast die Vorhänge hängen gelassen. Hattest Du keine in der passenden Länge, oder hast Du den Karton nicht gefunden?", fragte Sophie.

„Der Karton muss versehentlich nach hinten geräumt worden sein, ich komme da jetzt nicht dran."

Sophie holte tief Luft und sagt mit größtmöglicher Gelassenheit:

„Also nicht gefunden. Umso besser, dann seid ihr eben schneller mit dem Zurückräumen fertig." Sie könnte sich jetzt so dermaßen auf die Schulter klopfen! Souverän, klare Ansage, ruhig geblieben. Wie aus dem Lehrbuch von Mary Poppins. Sophie schaffte es nicht oft, ruhig zu bleiben, wenn sie innerlich kochte. Häufig fing sie an zu schreien, wenn sie sich ungerecht behandelt fühlte. Dann bekam sie von ihrer Mutter den bescheuerten Spruch *Wer schreit, hat unrecht* zu hören. Das fand sie natürlich noch ungerechter, woraufhin sie noch lauter wurde, um sich später als Verlierer der Diskussion heulend in ihr Bett zu verkriechen.

„Du machst Witze", sagte Veronika.

„Überhaupt nicht. Hier sieht es aus wie im Antiquitätengeschäft. Ich finde es schön, wirklich. Es passt zu Euch, und Ihr könnt Euch gern so einrichten, wenn Ihr eine eigene Wohnung habt. Aber für uns ist das nichts. Apropos eigene Wohnung – sucht doch mal!"

Damit Veronika keine Gelegenheit hatte, Sophie beim Zurückräumen um Hilfe zu bitten, verließ sie einfach wieder das Haus. Drei Stunden mit den Kindern im Einkaufszentrum müssten reichen, damit alles wieder war wie vorher. Und Staub gesaugt war auch noch.

Doch inzwischen fragte Sophie sich sorgenvoll, warum ihre Eltern nie den Immobilienteil der Zeitung lasen. Es war bereits März, und das enge Zusammenleben schritt langsam auf die Grenze des Erträglichen zu. Doch der Immobilienteil war, anders als der Rest der Zeitung, wenn ihr Vater damit fertig war, völlig jungfräulich. Kein Knick, keine Unterstreichungen, keine roten Umkringelungen, nichts. Sophie selbst schaute im Internet und den Immobilienanzeigen fleißig nach Wohnungen. Sie hatte ihren Eltern schon einige Vorschläge unterbreitet, doch sie übergingen das einfach. Ein einziges Mal hatte es eine Wohnung in die nähere Auswahl ihrer kritischen Eltern geschafft, so dass Sophie einen Makler anrufen durfte. Was er ihr am Telefon über die Wohnung erzählte, musste Sophie ihren Eltern weitergeben. Sie sprachen nicht einmal persönlich mit ihm. Die Wohnung stellte sich als nicht passend heraus, so dass man ihnen und dem Makler die Zeit einer Besichtigung sparen konnte.

Von ihren Nachbarn kamen inzwischen schlaue Kommentare. Die wussten ja alle, dass ihre Eltern noch da waren, weil die Kowalskis ihr Auto immer noch draußen anstatt in der Garage parkten. „Deinen Eltern gefällt es wohl zu gut bei Euch", rief neulich der Nachbar, der an Silvester den Heckenbrand gelöscht hatte, über den Gartenzaun, als Sophie Blumenzwiebeln in die Erde stecke. „Baut schon mal einen Treppenlift für später ein, die ziehen nicht mehr aus," sagte der andere Nachbar von schräg gegenüber lachend.

Was, wenn sie recht hatten? Vielleicht dachten die Eltern wirklich gar nicht ans Ausziehen? Sie hatten einen Gemeinschaftshaushalt. Sie kauften ein und kochten, sahen ihre Enkelkinder nach Lust und Laune – und wenn sie mal keine Lust hatten, konnten sie ganz spontan verreisen. Sie brauchten vor dem Urlaub nicht einmal den Kühlschrank auszuräumen und sich auch niemanden zum Pflanzengießen suchen. Das war für ihre Eltern sicherlich praktisch.

Und Hannes? Der hatte nur eine große Klappe, wenn er mit Sophie allein war. Er gab ihr Ratschläge, wie sie mit ihren Eltern umgehen solle, pflichtete ihr bei, wenn sie sich über sie aufregte und fand, dass die Schwiegereltern jetzt mal langsam ausziehen müssten. Doch wenn Sophie Rückendeckung brauchte, zog er den Schwanz ein. Dabei würde ein einziges, deutliches Gespräch mit Hannes reichen. Er müsste ihnen nur sagen, dass ihre gemeinsame Zeit zu Ende ging, und Veronika würde wie immer brav ihrem Schwiegersohn beipflichten. Hannes Worte hatten Gewicht, Sophie hingegeben nahmen sie überhaupt nicht ernst. Zum ersten Mal hatte sie Angst, ihre Eltern nicht mehr loszuwerden.

Sie musste Tacheles reden, bevor die Eltern wieder einmal weg fuhren, um ihre Freunde in Norddeutschland besuchen. Einerseits freute sich Sophie aufs Alleinsein. Andererseits war die Freude getrübt. Nur weil ihre Eltern verreisten, war noch lange nicht so viel Platz im Haus wie vorher. Kein Arbeitszimmer. Kein Gästezimmer. Keine Legostadt. Außerdem wusste Sophie ja, dass ihre Eltern wiederkamen.

„Sei doch froh, so habt Ihr das Haus mal wieder für Euch allein", meinte Veronika. Es war Sonntagmittag. Sonntags ließen sie das Mittagessen ausfallen, weil sie so spät frühstückten, und Veronika wollte nachher in der Küche mit den Essensvorbereitungen beginnen. Gerd saß auf seinem Lieblingssessel und las Zeitung.

„Und ihr verpasst zweimal den Immobilienteil der Samstagsausgabe."

„Schau Du doch rein, vielleicht ist ja etwas Interessantes für uns drin."

„Du willst, dass ich für Euch eine Wohnung suche? Jetzt plötzlich, wo ihr schon selber im Ort wohnt?"

„Wir sind ja bald wieder da. Heb´ doch die Zeitung einfach auf."

Sophies Halsschlagader pochte wild. Das durfte doch alles nicht wahr sein! In ihren Alpträumen sah Sophie sie für immer und ewig zu sechst in diesem Haus wohnen. Hannes, anstatt ihr beizuspringen, hatte eine noch viel dämlichere Idee auf Lager.

„Wir suchen uns mit Deinen Eltern ein gemeinsames und größeres Haus."

„Spinnst Du? Genau das ist ja das Problem!", schrie Sophie.

„Ich meine doch mit zwei Eingängen, zwei komplett getrennte Haushalte, aber unter einem Dach. Anstatt zwei Mieten zu bezahlen, könnten wir auf diese Weise ein Eigenheim finanzieren. Wir kommen doch super miteinander klar." Er meinte das tatsächlich ernst.

„Ich bin kurz vorm Durchdrehen wegen der beiden, und Du kommst mit so einem bescheuerten Vorschlag? Hörst Du mir überhaupt jemals zu?"

„Ich finde es gut, die Großeltern unserer Kinder im Haus zu haben. Das ist meine Meinung. Wenn Du das allerdings nicht mehr gut findest, müssen sie natürlich etwas eigenes finden."

So ein Schleimer! Er hatte gut lachen, tagsüber im Musikladen bekam er vom Generve seiner Schwiegereltern nichts mit. Hauptsache, sie könnten weiterhin abends miteinander ausgehen, an etwas anderes dachte er nicht. Zugegeben, in den vergangenen drei Monaten waren sie so viel ausgegangen wie in den fünf

Jahren zuvor nicht. Ohne Großeltern hatten sie das selten gemacht, Essen gehen, danach in eine Cocktailbar und noch jemanden fürs Kinderhüten bezahlen; mal ganz abgesehen von der Schwierigkeit, einen verlässlichen Babysitter zu bekommen. Dieses Problem hatte sich erledigt, so lange die Großeltern im Haus lebten. Sie mussten nicht einmal selbst die Kinder ins Bett bringen, denn auch diesen Part übernahmen Gerd und Veronika mit Bravour. Hannes und Sophie kannten inzwischen an die zwanzig neue Restaurants in der Umgebung, die neuesten Kinofilme hatten sie fast alle gesehen, und sie wussten inzwischen auch, in welchen Kneipen man so richtig schön versacken konnte. Sie hatten abends Zeit füreinander und konnten ihre Gespräche zu Ende bringen, ohne zwischendurch ein Schnitzel klein zu schneiden, das Gehampel der Kinder zu unterbinden und dann doch viel zu früh nach Hause zu müssen, damit die Kleinen ihren Schlaf bekommen. Wenn es mal richtig spät wurde, brachte Oma Roni die Kinder am Morgen sogar in den Kindergarten und in die Schule, so dass Hannes und Sophie ihren Kater noch eine Stunde länger pflegen konnten. Es stimmte, sie hatten ihre Babysitter intensiv ausgenutzt. Sophie betrachtete diesen Dienst aber eher als Schmerzensgeld, und das viele Ausgehen war ihr eine willkommene Gelegenheit gewesen, nicht ständig in der Nähe ihrer Eltern sein zu müssen. Im Gegensatz zu Hannes war Ausgehen für sie längst nicht mehr das höchste der Gefühle. Sie fand es viel schöner, mit Freunden zu Hause gemeinsam etwas zu kochen und ein paar gute Flaschen Wein zu leeren.

Sie ärgerte sich über sich selbst, da sie sich die Suppe selbst eingebrockt hatte. Wessen Idee war es denn gewesen, das elterliche Haus zu verkaufen? Wer hatte darum gebeten, dass ihre Eltern endlich in ihre Nähe ziehen? Wer hatte daran erinnert, dass Enkelkinder nicht ewig klein sind? Fiel es ihr deshalb so schwer, ihre Eltern wieder los zu werden? Ja, die Idee ging auf ihr Konto. Aber das Zusammenleben war inzwischen nur noch schwer zu ertragen. Sie hätten vorher vereinbaren sollen, wie lange ihre Eltern bleiben würden. Sie hätten feste Regeln zum Schutz der Privatsphäre vereinbaren sollen. Doch lohnte es, sich über was-wäre-wenn zu grämen? Vereinbaren können hätte man es schon, aber ob Veronika und Gerd sich daran gehalten hätten, war fraglich. Letztendlich hätte das ohnehin nicht funktioniert.

Vielleicht war das ja alles ein Riesenfehler. Vielleicht konnte man Nähe und Privatsphäre nur mit wahnsinniger Anstrengung ausbalancieren. Es war wie einen Tanz auf dem Seil. Ein Fehltritt, und es ging auf beiden Seiten in die Tiefe.

Als sie Hannes von der Umräumaktion ihrer Mutter berichtet hatte, hatte er sich wie erwartet geärgert. Und Sophie hatte sich auch noch gefreut, weil sie ihn nun endlich als Verbündeten glaubte. Auf Hannes würden ihre Eltern hören. Doch der weigerte sich dennoch, mit seinen Schwiegereltern zu reden. Da halfen auch Sophies Argumente nicht, sie hätten gemeinsam beschlossen, sie einziehen zu lassen. Hannes fiel ihr dermaßen in den Rücken! Ohne Hannes Rückendeckung fühlte sie sich schwach und gemein – als Tochter, die ihre Eltern vor die Tür setzen will. Nun, dann musste sie es wohl oder übel allein schaffen. Sophie stotterte vor sich hin und hatte rote Flecken im Gesicht, bevor sie ihr Anliegen richtig vorgetragen hatte.

„Das ist aber ein schlechter Zeitpunkt, Sophie. Im Moment können wir leider nicht ausziehen, zumindest nicht sofort", sagte Gerd.

„Und warum solltet ihr das plötzlich nicht können?", fragte Sophie.

„Weil wir Claire finanziell unterstützen. Sie arbeitet da an einer wirklich tollen Sache."

Nun hatte Sophie nicht nur rote Flecken im Gesicht, sie war komplett rot angelaufen. „Ihr dürft Claire unterstützen, wie ihr wollt, aber was hat Euer Auszug damit zu tun? Das kann doch nicht Euer Ernst sein!"

„Es war vielleicht ungeschickt, dass wir das nicht mit Euch abgesprochen haben. Aber Claire braucht wirklich Geld, um mit ihrer Forschung weiter zu machen. Das Projekt ist noch nicht so weit, dass sie davon leben könnte. Darum geben wir ihr unsere Rente, einen Großteil zumindest", erklärte Gerd ruhig.

„Du glaubst doch nicht ernsthaft, dass eines von Claires völlig bekloppten Projekten irgendwann einmal Geld abwirft. Es wundert mich ehrlich gesagt, dass irgendjemand außer Euch das überhaupt ernst nimmt", entgegnete Sophie.

„Nicht nur Dein Vater, auch ich bin davon überzeugt, dass Claire bald Erfolg haben wird. Sie arbeitet schon sehr lange an diesem Gerät. Aber das sind eben Bereiche, von denen Du nichts verstehst", erklärte Veronika.

„Papa kann ihr ruhig seine Rente schenken, aber Euer Haus habt ihr ja wohl nicht verschenkt!" Sophie war stinksauer.

„Ich erwarte ja gar nicht, dass Du Claires Projekte gut heißt oder etwas von Bankgeschäften verstehst.

Das Geld von unserem Haus liegt nicht auf einem Girokonto, sondern ist fest angelegt. Wenn man da von einem auf den anderen Tag dran will, zahlt man hohe Gebühren, und dazu bin, ehrlich gesagt, nicht bereit. Aber keine Angst, Du bist uns bald los", versprach Gerd. Er schaute so traurig, dass Sophie ihr Wutausbruch beinahe leide tat. Doch sie war auch gekränkt, dass ihre Eltern mal wieder Claire bevorzugten. Sie war doch viel zuverlässiger als ihre Schwester! Sophie hatte plötzlich den Eindruck, dass Gerd und Veronika nicht mehr alle Tassen im Schrank hatten. Sie machte sich darauf gefasst, sich früher als befürchtet um ihre Eltern kümmern zu müssen. Ihr Streit wurde durch das Klingeln der Türglocke unterbrochen. Hannes ging hin, und die anderen schwiegen sich an. Es war Thomas, der seinen Gottesdienst beendet hatte und Hannes zum Musikmachen abholen wollte.

„Ich kann jetzt nicht weg, Sophie macht mich einen Kopf kürzer, wenn ich sie allein lasse. Stress mit ihren Eltern ...", flüsterte Hannes seinem Freund zu.

„Ist okay, Kumpel, verschieben wir es auf nächste Woche."

„Kannst Du nicht reinkommen? Vielleicht kannst Du Sophie beruhigen. Sie rastet gleich aus."

Thomas sah den verzweifelten Blick seines Freundes, spürte die schneidende Atmosphäre im Haus und nickte. Bevor er die Haustür hinter sich schließen konnte, kamen Veronika und Gerd in den Flur. Sie begrüßten ihn hastig und verabschiedeten sich zu einem Spaziergang. Aus dem Wohnzimmer ertönte ein lautes Schluchzen.

Sophie hockte mit angezogenen Knien auf einem Stuhl und weinte. Hannes holte ein großes Wasserglas aus dem Schrank, goss es zur Hälfte mit Campari voll, gab zwei Eiswürfel und einen Schuss Orangensaft hinzu und stellte es vor sie hin. Dann machte er für Thomas und sich selbst eine harmlosere Variante dieser Mischung, und sie setzten sich an den Tisch. Hannes erzählte ihm, was Veronika und Gerd soeben offenbart hatten.

„Die verkaufen mich für dumm. Claire kann in den Augen meiner Eltern alles besser. Sie setzen all ihre Unterstützung und ihren Glauben in sie, während Hannes und ich nur die Dummen sind, bei denen man sich aber gern einnisten darf. Claire steht kurz vor dem Durchbruch, dass ich nicht lache!", stieß Sophie bitter hervor.

„Du bist ein kritischer Mensch, Sophie, und vielleicht vertragen Deine Eltern keine Kritik", meinte Thomas.

„Aber für alles andere bin ich gut genug, ja? Ich fühle mich so ausgenutzt. *Ich* kümmere mich die ganze Zeit um sie, nicht Claire. Und die infiziert sie mit ihren spinnigen Ideen, verprasst ihr Geld und ist trotzdem die Heldin."

„Klar, sie hätten genauso gut auf Dich hören können. Aber überlege mal, warum sie ständig Claire unterstützen. Ist sie vielleicht das schwächere ihrer Kinder, das diese Unterstützung viel mehr braucht als Du? Und warum wollen sie lieber bei Dir leben als bei ihr? Sind sie vielleicht doch gern in Deiner Nähe?", fragte Thomas ruhig. Als Seelsorger hatte er viel Erfahrung mit dem Kummer anderer Menschen.

„Ich will doch nur auch einmal wertgeschätzt werden! Nie zeigen sie mir ihre Dankbarkeit oder loben mich, sondern immer nur Claire!"

„Das ist wirklich nicht fair", sagte Hannes, der nun endlich den Mund aufmachte.

„Klingt es blöd, wenn ich mir wünsche, dass sie das wüssten? Was ich alles für sie getan habe? Dass ich Claire auch immer geholfen habe, wenn sie mich brauchte?", fragte Sophie.

„Du bist gekränkt, das ist verständlich. Du hast Dir ständig Sorgen um sie gemacht und Dich um sie gekümmert. Und bald wirst Du sogar noch die Böse sein, die sie rausschmeißen muss, wenn Du Dein altes Leben wiederhaben möchtest. Wenn sie tatsächlich so naiv sind, wie es klingt, werden sie alles Dir anlasten."

Sophie schluchzte erneut laut auf. Genau das war es, wovor sie sich am meisten fürchtete. Einen Bruch mit ihren Eltern anstatt eine Würdigung ihrer Mühen.

„Hör auf, Dich für alles verantwortlich fühlen. Für sie ist es mit Sicherheit genauso schlimm wie für Dich, wenn Ihr Streit habt."

„Ich will aber nicht die Böse sein, die sie vor die Tür setzt. Das werden sie mir ewig vorhalten", sagte Sophie.

„Überlegt Euch, wie lange diese Situation noch für euch tragbar ist. Und setzt ihnen eine Deadline, die für alle umsetzbar ist."

„Sie sind ja noch gar nicht so lange hier, dass eine Deadline gerechtfertigt wäre", beschwichtigte Hannes.

„Ich habe mir in meinen kühnsten Träumen nicht ausgemalt, dass es so anstrengend werden würde. Und soeben ist mir klar geworden, dass noch kein Ende in

Sicht ist", seufzte Sophie und trank das Glas mit einem weiteren großen Schluck leer. Hannes machte ihr die gleiche Mischung noch einmal. Der Alkohol schien ihre Nerven zu beruhigen.

„Eine Deadline ist eine gute Idee. Sagen wir, morgen früh um neun? Siehst Du, Du kannst schon wieder lächeln", stellte Hannes fest, „und in der Zwischenzeit warten wir auf den Durchbruch von Claire, die die ganze Familie reich machen wird."

„Was macht Deine kleine Schwester eigentlich, dass Veronika und Gerd sie immer noch unterstützen müssen? Hat sie keinen Job, oder was?" fragte Thomas.

„Nicht so richtig. Sie hat erst Chemie studiert und danach Physik. Hat beides nicht abgeschlossen, sie ist irgendwie in der Experimentierphase hängen geblieben", erklärte Hannes.

„Sie träumt nur, das ist ja das Dramatische. Sie will die Welt besser machen und hat tausend Ideen, aber davon leben kann sie nicht. Bisher hat sie jedenfalls keine Firma gefunden, die sie für ihre verrückten Ideen bezahlen will", meint Sophie. „Darum macht das Papa. Ich finde es gut, dass er an sie glaubt, aber was soll sie machen, wenn er mal nicht mehr da ist?", fragte Sophie.

„Dann zieht sie ebenfalls bei uns ein?", witzelte Hannes. Sophie konnte über diesen Scherz nicht lachen.

Sieben

Die Kowalskis waren zwei Wochen lang unter sich gewesen, doch es herrschte noch immer bedrückte Stimmung im Haus. Nach der Rückkehr von Veronika und Gerd wurde es nicht besser. Wenigstens bei Sophie im Job lief es super. Aufträge bedeuteten nicht nur Geld, sondern auch Ablenkung vom Ärger zu Hause. Sie hatte einen lukrativen Auftrag abgeschlossen und einen weiteren in Aussicht, mit dem sie in den kommenden vier bis sechs Wochen völlig ausgelastet sein und der ihr viel lästige Aqkuisearbeit ersparen würde. Dann würde sie sich eben darauf konzentrieren und ihre Eltern samt ihrem Schlappschwanz von Ehemann links liegen lassen. Das kam ihr sehr gelegen.

Eine Bootswerft brauchte eine Imagebroschüre und ein neues Corporate Design, und Sophie freute sich auf einen hoffentlich solventen Kunden. Das war viel besser als zig Kleinaufträge, bei denen sie hinterher oft ihrem Honorar hinterherlaufen musste. Um zehn Uhr morgens hatte sie in dem Betrieb einen Termin, so dass sie, nachdem sie Jan zum Kindergarten gebracht hatte, genug Zeit hatte, noch einmal nach Hause zu fahren und sich etwas herauszuputzen. Nicht übertrieben, aber doch unübersehbar. Diesen Auftrag wollte sie unbedingt haben. Gut auszusehen hatte ihr dabei noch nie geschadet.

Ihren Haaren verpasste sie mit dem Glätteisen ein paar weich definierte Wellen. Sie zog mit Eyeliner eine gerade Linie und tuschte die Wimpern tiefschwarz. Ihre hohen Wangenknochen betonte sie mit roséfarbenem Rouge und cremte die Lippen mit Blistex ein. Sie zog ein dunkelblaues, knielanges Kleid aus schwerem Jersey an. Es war unaufdringlich und ohne Ausschnitt, aber ihre Brüste zeichneten sich unübersehbar gut darunter ab und sahen ein bisschen größer aus, als sie eigentlich waren. Dazu trug sie klassische schwarze Pumps mit einem kleinen Plateau. Sie wusste, dass sie in diesem Outfit super aussah. Hannes pfiff ihr immer laut hinterher, wenn er sie darin sah, und andere Männer bekamen Stielaugen.

Über das Gespräch selbst machte sie sich keine Sorgen, schließlich war sie gut vorbereitet. Sie würde sich an diesem Vormittag die Vorgaben und Wünsche des Kunden anhören, einige erste Ideen skizzieren, den Auftrag einkassieren, das Honorar aushandeln und dann konnte sie loslegen. Sie war pünktlich wie immer, marschierte mit ihren hohen Absätzen gekonnt über den unebenen Vorplatz am Hafen und suchte in der großen Halle nach einem Mitarbeiter. Sie stellte sich vor und einer der Gesellen führte sie an einem aufgebockten Schärenkreuzer und einem Motorboot vorbei ins Büro seines Chefs.

„Guten Morgen, ich bin Oliver Brandt. Schön, dass sie da sind", sagte er und schob ihr einen Stuhl zurecht.

„Guten Morgen, Sophie Kowalski", sagte Sophie. Der Typ sah richtig gut aus, aber davon würde sie sich nicht ablenken lassen. Auf dem Tisch am Fenster packte sie ihre Unterlagen aus und hörte sich seine Ideen an. Er hatte noch keine feste Vorstellung davon, wie seine neue Imagebroschüre aussehen sollte. Das machte die Arbeit für Sophie umso spannender. Sie musste nur herausfinden, welcher Stil ihm gefiel. Die Ideen kamen ihr dann immer ganz von selbst. Dementsprechend selbstsicher trat sie auf, was Brandt wiederum das Gefühl gab, dass sie genau die Richtige für den Job war.

„Ich würde Ihnen zunächst ein frischeres Farbkonzept vorschlagen und drei grobe Vorschläge präsentieren. Wenn Sie sich für einen entschieden haben, arbeite ich an dem Entwurf, der Ihnen am besten gefällt, weiter. Auf diese Weise kann ich die Imagebroschüre am schnellsten fertigstellen. Ihr Firmenlogo würde ich nicht komplett neu entwerfen, sondern nur modernisieren, damit ihre Kunden einen Wiedererkennungseffekt haben."

„Das klingt toll, so machen wir das. Wann kann ich mit den Entwürfen rechnen?" Der Brandt hatte sich wirklich schnell entschieden. Sophie hatte den Auftrag in der Tasche. Alles lief nach Plan.

Er hatte ein unheimlich smartes Gesicht. Dichte Augenbrauen, blaue Augen, eine markante, gerade Nase, männliche Wangen und Kinn, glattrasiert, doch der starke Bartwuchs war deutlich erkennbar, und schöne volle Lippen. Richtig tolle Lippen. Er war schätzungsweise zehn Jahre älter als sie. Die akkurat kurz geschnittenen, grauen Haare waren mit ein wenig Wachs nach hinten gekämmt. Zwischen seinen einladenden Lippen blitzten makellose, weiße Zähne hervor. Unter seinem hochgekrempelten Hemd schauten sonnengebräunte Unterarme hervor, und unter dem Hemdstoff zeichneten sich deutlich seine muskulösen Oberarme und sehr trainierte Brustmuskeln ab. Sie hatte bis eben gar nicht gewusst, dass sie so auf Muskeln stand.

„Wann kann ich mit den Entwürfen rechnen?", wiederholte er. Sophie wurde klar, dass sie ihn einen Moment lang angestarrt haben musste und wurde rot bis zu den Ohrenspitzen. Jetzt musterte er sie zurück, wanderte mit seinen Augen einmal von ihrem Gesicht bis auf Bauchnabelhöhe, wo der Tisch seiner Wanderung ein Ende machte, und wieder zurück. Der Typ grinste und zwinkerte ihr unverfroren zu. Ganz schön frech. Das war ganz fraglos so ein pomadierter Yacht-Lackaffe, genau wie Sophie sich einen Segler vorstellte. Ein gutaussehender Lackaffe wohlgemerkt.

„In ungefähr einer Woche. Ich werde Ihnen ein PDF mailen. Wir können dann Rücksprache halten, sobald sie Zeit haben", antwortete sie. Er lächelte immer noch. Sophie wurde heiß. Sie konzentrierte ihren Blick auf den Tisch, als er ihr einen Stapel mit den Werbebroschüren und Texten hinüberschob, die sie benötigte. Dann waren sie fertig. Sophie überreichte ihre Visitenkarte und gab ihm zum Abschied die Hand. Sie spürte seine kräftigen Hände, die vom Boote bauen, Segeln oder weiß der Kuckuck was, dicke Schwielen hatten. Mein Gott, war der sexy.

„Wenn Du einverstanden bist, können wir uns gern duzen. Ich bin Oliver." Er hielt ihre Hand weiter fest und schaute ihr unverwandt in die Augen, als wäre es das Normalste der Welt. Vor Aufregung wurde ihre Hand langsam feucht, was ihr so unangenehm war, dass sie sie am liebsten mit einem Ruck zurückgezogen hätte, aber das wäre noch peinlicher gewesen.

„Ja gern", antwortete Sophie, „ich maile Dir dann, wenn ich die Texte durchgearbeitet und die ersten Vorschläge habe."

„Sehr schön. Falls du zwischendurch irgendwelche Fragen hast, ruf einfach an. Jederzeit."

Was für eine Nummer! So einen heißen Typen hatte Sophie schon lange nicht mehr gesehen, höchstens im Kino. Nachdem sie losgefahren war und sich ihr Herzschlag beruhigt hatte, konnte Sophie sich endlich zu dem erfolgreichen Gespräch gratulieren. Und selbstredend würde sie gute Arbeit leisten. Sie wollte den Typen beeindrucken und sprühte jetzt schon vor Ideen. Dieser schnuckelige Oliver war ein willkommener Lichtblick in ihrem beschissenen Familienalltag. Überaus gut gelaunt parkte sie ihr Auto, schloss leise summend die Haustür auf und ging direkt nach oben an ihren Schreibtisch. Schule und Kindergarten waren noch nicht aus. Veronika kümmerte sich unten ums Mittagessen.

Acht

Nachdem Veronika ihr Umräumverbot im Haus kassiert hatte, hatte sie sich einen Ersatz-Tick angewöhnt. Wenn sie am Esstisch vorbeiging, stellte sie die Stühle wie Soldaten in eine Reihe. Sie hatte eine ganz spezielle Bewegung entwickelt, wenn sie kleinere Möbel unauffällig anders hinstellen wollte. Sie benutzte dafür nicht die Hände; die hingen unverdächtig herab. Sie beugte ganz leicht die Beine und schob die Möbel mit den Knien und einer ruckartigen Hüftvorwärtsbewegung in die richtige Position. Die beiden Wohnzimmersessel verschob sie ebenfalls auf diese Weise und glaubte, Sophie würde es nicht merken. Jene merkte es natürlich doch, denn man konnte von dieser Position aus nicht mehr fernsehen, weil auf dem Sofa liegend das halbe Bild von dem Sessel verdeckt war. Doch Sophie schwieg lieber, als die mühsam aufrecht erhaltene Harmonie möglicherweise zum Kippen zu bringen.

Es dauerte bis in den April hinein, dass Veronika einen zweiten Übergriff auf das Wohnzimmer der Kowalskis startete; nur mit den besten Absichten, so rechtfertigte sie sich. Schließlich hatte sie kein Dekorationsverbot, und gegen Dekoration konnte ihrer Meinung nach niemand auf der Welt etwas einwenden. Doch Veronika hatte sich verschätzt, womit sie Sophie eine Freude machen konnte. Nicht nur Ostern, Herbst, Halloween und Weihnachten feierten die Kowalskis mit so wenig Dekoration wie möglich. Sophie hasste Schnickschnack und die unnötige Mehrarbeit beim Abstauben. Putzen war wirklich nicht gerade ihr Lieblingshobby, was Veronika in den vergangenen Monaten immer wieder mit einer spitzen Bemerkung bedacht hatte.

Veronika und Gerd gingen also an einem der ersten wärmeren Frühlingstage spazieren, und kehrten am Nachmittag mit vielen Sträußen aus Zweigen und Gräsern für das Wohnzimmer zurück. Haselzweige waren auch dabei, auf die reagierte Sophie genauso allergisch wie auf die ungebetenen Ratschläge ihrer Mutter.

„Aber Blumen magst Du doch gern, oder?", fragte Veronika verständnislos.

„Rosen oder Dahlien, wenn es sein muss", ranzte Sophie und musste mehrere Male niesen. Wo blieb die Hellsichtigkeit ihrer Mutter, fragte sich Sophie, wenn es darauf ankam? Oder war das schon die beginnende Demenz?

„Alle wissen, dass ich eine Pollenallergie habe, Du Supermutter. Hast Du mir auch ein Glas Erdnussbutter mitgebracht, um mich umzubringen?" Sophie hielt sich ihren Ärmel vor die Nase und beobachtete, wie langsam der Groschen bei ihrer Mutter fiel. Veronika machte ein betroffenes Gesicht.

„Das hatte ich ganz vergessen, entschuldige bitte." Sie trug die Vasen schweigend in den Garten und warf die Zweige in die hinterste Gartenecke. Dann holte sie einen feuchten Lappen und wischte die Pollenschicht von den Fensterbänken, dem Esstisch und den Beistelltischen. Nun war es an Sophie, ein schlechtes Gewissen zu haben. Ihre Mutter hatte es offenbar gut gemeint, und sie beschimpfte Veronika.

Trotzdem, diese Übergriffe mussten endlich ein Ende haben, sonst würde sie noch durchdrehen.

„Warum stellst Du das Grünzeug eigentlich nicht in Euer eigenes Wohnzimmer, wenn Du sie so schön findest?", fiel Sophie unter weiteren Niesattacken und mit mittlerweile knallroten Augen ein.

„Ach, da oben sieht sie ja niemand", seufzte Veronika. Bei Sophie fiel endlich der Groschen, warum dies so war: Weil ihre Eltern meistens unten waren anstatt in ihrer eigenen „Wohnung". Genau das war das Problem, dachte sie und schlug sich mit der flachen Hand vor die Stirn. Wenn ihre Eltern sich mehr oben aufhalten würden, würden sie ihr nicht so auf den Wecker gehen. Endlich hatte sie einen Ausweg gefunden, das Zusammenleben erträglicher zu gestalten. Nun musste sie ihren Eltern nur noch taktvoll zeigen, wie es war, ständig Gäste im Wohnzimmer zu haben: Sie würde den Spieß umdrehen und morgen einfach mal oben aufkreuzen. Unangemeldet!

Als die Kinder am nächsten Tag zu Abend gegessen hatten, schnappte sich Sophie eine Flasche Rotwein, ein Glas und eine Tüte Cracker, ging in den zweiten Stock und machte im Wohnzimmer ihrer Eltern den Fernseher an. Sie hockte sich im Schneidersitz aufs Sofa, stapelte ein paar Kissen auf die Armlehne, damit sie sich bequem abstützen konnte und zappte herum. Hannes machte nicht mit, der Feigling. Er hatte sich geschickt aus der Affäre gezogen und mit Thomas im Musikkeller verabredet.

Veronika und Gerd brachten wie üblich auch an diesem Abend die Kinder ins Bett. Als sie endlich damit fertig waren, hatte der Viertel-nach-Acht-Spielfilm schon begonnen. Sophie hatte einen Actionfilm mit Bruce Willis ausgewählt, den sie schon zig Mal gesehen hatte. Doch darauf kam es nicht an. Es musste ein Film mit schneller Bildfolge, Blut, Leichen und möglichst viel Geballer sein. Veronika und Gerd hassten das und sollten es mit ihrem ungebetenen Besuch so unangenehm wie möglich haben.

Sophie hörte am Klappern der Absätze, wie ihre Eltern die Treppe hinunter gingen. Sie stellte sich vor, wie erstaunt die Zwei das verlassene Wohnzimmer vorfanden und grinste vor sich hin. Kurz darauf kamen die Schritte die Treppe wieder hinauf. Dann ging die Tür auf. Fassungslos schauten ihre Eltern sie an, die auf ihrem geblümten Sofa lümmelte, Wein trank und vor sich hin krümelte. Dann lächelten sie über das ganze Gesicht.

„Das ist das erste Mal, dass wir Besuch haben!", rief Veronika freudestrahlend.

„Brauchst Du noch irgendwas? Schokolade, noch einen Wein ...", Gerd fing an, hektisch herumzuwuseln, zog Kommodenschubladen auf und zu und beförderte Süßigkeiten heraus. Sie waren völlig aus dem Häuschen. Sie freuten sich richtiggehend, dass Sophie da war. Auf diese Weise konnte sie ihren Eltern also nicht klar machen, wie unangenehm der Dauerbesuch inzwischen geworden war. Und dann fiel es ihr wie Schuppen von den Augen: Ihre Eltern waren einsam. Völlig isoliert. Seit ihrem Einzug hatten sie keinen Besuch gehabt. Sophie hatte das ganz normal gefunden, schließlich waren ihre Eltern gerade erst hierher gezogen. Doch der wahre Grund lag woanders. Es wäre ihnen peinlich, jemanden einzuladen. Sie könnten selbstverständlich jederzeit ihre Freunde herbitten – als Rentner, die sie nun allesamt waren, hatten sie jede Menge Zeit. Doch um Besuch zu empfangen, hätten sie ihre Gäste einmal quer durch das Haus ihrer Tochter führen müssen. Für Kaffee, Tee und Kuchen hätten sie alles zwei Etagen hoch und dann wieder herunter tragen müssen – eine eigene Küche gab es oben nicht. Und anstatt wie früher mit ihren Freunden hinaus in den weiten Garten zu schauen, blickte man aus einem kleinen Dachfenster direkt auf weitere Häuser. Und wo sollten die Gäste schlussendlich übernachten, nachdem sie durch halb Deutschland gefahren waren? Sophie ohrfeigte sich innerlich. Sie war so ein Trampel, so ein hinterhältiges, verständnisloses, undankbares Arschloch! Da saßen ihre Eltern, schauten sie freudestrahlend an, ignorierten das sonst so verhasste Geballer im Fernsehen und knabberten Cracker und Schokolade. Es war harmonisch, lustig und entspannt. Es war fast wie vor ihrem Einzug, als sie sich noch gut verstanden hatten.

Was war es eigentlich, das mit dem Einzug der Eltern aus den Fugen geraten war? Konnten Kinder ungestraft bei ihren Eltern wohnen, aber umgekehrt nicht Eltern bei ihren Kindern?

Es war überhaupt kein Problem, dass sie im Schlafanzug im elterlichen „Reich" herumgammelte, fernsah und dabei aß und trank. Es war so selbstverständlich, dass sie locker in der Nase bohren könnte, ohne rot zu werden. Nur die umgekehrte Konstellation funktionierte nicht. Unvorstellbar, dass Veronika abgeschminkt und im Nachthemd bei den Kowalskis vor der Glotze saß, neben ihr Gerd im Schlafanzug, dessen Beine auf dem Couchtisch lagen. Sophie schüttelte bei dem Gedanken den Kopf. Das Bild war sowas von schief. Kinder waren Kinder, Eltern waren Eltern.

Abgesehen davon gehörten ihre Eltern nicht zu der Generation, die *abhing*. Sie konnten das einfach nicht, mit einer Pobacke auf der Sessellehne hocken oder auf dem Sofa herumlümmeln. Veronika saß immer richtig: Das Gesäß war auf der Sitzfläche und die Füße auf dem Boden, die Knie waren rechtwinklig angewinkelt, und die Beine parallel zur Seite geneigt. Oder sie lag auf dem Sofa, um ein kurzes Mittagsschläfchen zu halten. Dafür zog sie ganz gesittet ihre Schuhe aus, legte ein Kissen auf eine Armlehne, den Kopf auf das Kissen, die Beine über die andere Armlehne, die Decke ganz gerade über Füße und Beine. Gerd – der saß generell nur in Sesseln, niemals auf Sofas.

Sophie hatte ihre Lektion für diesen Abend gelernt. Als Bruce Willis wieder das Feuer eröffnete, um die Welt vor dem Bösen zu retten, schaltete sie den Fernseher aus und verabschiedete sich ins Bett. Ihre Eltern wünschten ihr fröhlich eine gute Nacht.

Sie wälzte sich noch lange im Dunkeln hin und her. Sie war so unsensibel gewesen. Sie nahm sich vor, in Zukunft einfühlsamer mit ihren Eltern umzugehen. Fanden ihre Eltern diese Situation nicht ebenso unerträglich, wie sie selbst? Warum zogen sie nicht endlich aus? Vermutlich gab es auch dafür eine gute Erklärung, die Sophie nicht verstand. Sie war wütend, dass ihre Eltern es ihr nicht erklärten. Doch sie nahm sich vor, ausnahmsweise mal die Klappe zu halten und noch eine Weile auszuharren, egal wie schwer es für sie sein sollte.

Neun

Eheleute mit Kindern müssen erfinderisch sein, wenn sie ihren ehelichen Pflichten nachkommen wollen. Logisch, wenn die Kleinen immer wieder gerne ins Wohn- oder Schlafzimmer stürzen, ohne anzuklopfen. Hannes und Sophie waren daher in den vergangenen Jahren immer kreativer geworden. Seitdem sie in ihrem neuen Haus wohnten, hatten sie es sogar schon im Keller getrieben – Romantik sah sicher anders aus. Aber dort war die Wahrscheinlichkeit, überrascht zu werden, sehr gering. Warum sollte Lea auch zum Helfen herunterkommen, wenn Sophie die Wäsche machte? Jan hatte sowieso Angst vor dem Keller. Das bedeutete ungestörtes aber unbequemes Eheglück. Aber Hannes und Sophie wollten nicht immer nur im Keller vögeln. Sie hatten eine sehr einfache Methode gefunden, die auch nicht besonders bequem war, aber den Vorteil hatte, dass die Kinder nicht erkennen konnten, was ihre Eltern trieben - selbst *wenn* sie hereinplatzten.

Dabei lagen sie auf ihrem Sofa in Löffelchenstellung hintereinander. Das war schon schwierig, weil Hannes sich in den vergangenen Jahren einen ordentlichen Bauchumfang angelegt hatte. Sophies Bitte, doch endlich mal Sport zu machen und Diät zu halten, hatte er bisher desinteressiert abgewunken. Also fiel Sophie beim Vögeln fast vom Sofa, wenn der dicke Mann hinter ihr lag und schob. Aber Hannes hielt sie ja fest.

Also, er lag hinter ihr und Sophie positionierte ihre Beine so, dass er von hinten eindringen konnte. Die Sofadecke über den beiden war dabei zwar nervig und schweißtreibend, schützte sie aber davor, dass es für die Kinder etwas zu entdecken gab. Das hatte sie in der einen oder anderen Situation schon gerettet. Und das Tolle: In der Position kam sogar Sophie zum Ziel. Sie hätte früher nie gedacht, dass das à tergo funktionierte, es war nicht gerade ihre Lieblingsstellung. Aber Not macht bekanntlich erfinderisch.

Eines Abends war es wieder so weit. Die Kinder waren im Bett, Sophie und Hannes drückten die Daumen, dass sie nicht mehr herunterkamen und legten los. Hannes` Plauze drückte gegen ihren unteren Rücken, sein linker Arm umschlang ihren Oberkörper. Unter der Decke suchten seine Hände ihren Busen. Langsam drang er in sie ein, während er ihre Brust fand und ihre Brustwarzen knetete. Schon kam der erste Stoß, der zweite, der dritte. Hannes stöhnte leise, Sophie genoss den viel zu selten gewordenen Sex mit geschlossenen Augen. Stundenlang konnte sie sich von Hannes vögeln lassen. Gänsehaut. Trockener Mund.

„Ach, ist das schön, Euch so kuscheln zu sehen", hörte Sophie plötzlich eine ihr wohlbekannte Stimme – und die war nicht von ihren Kindern. Veronika stand mitten im Raum, sie hatten bei dem Gestöhne nicht gehört, dass sie die Wohnzimmertür aufgemacht hatte. War das peinlich, aber ihre Stellung hielt. Jetzt nicht bewegen. Sophie spürte, wie Hannes Penis in ihr schrumpfte. Logisch, wer wollte schon bumsen, wenn die Schwiegermutter nur zwei Meter von einem entfernt stand.

Sophie konnte es nicht fassen. Sie war völlig unfähig, etwas zu sagen – man konnte sich eben nicht gleichzeitig schämen und jemanden anschreien. *Raushierraushierraushier!!!!* Jetzt wäre es Zeit, dass Hannes endlich den Mund aufmacht.

„Schieb´ ab, wir vögeln," würde schon reichen. Kurz, knapp und auf den Punkt gebracht. Ganz einfach zu verstehen. Sophie drehte sich leicht zu Hannes um, der hatte einen Gesichtsausdruck, als ob er gerade in eine Zitrone gebissen hätte. Doch er sagte nichts. Er hatte den Schwanz wieder mal eingezogen.

Inzwischen war Hannes komplett aus ihr verschwunden. Das war wohl auch besser so, denn ihre Lust war auf dem Nullpunkt angekommen. Wie brachte man seiner Mutter bei, dass sie gerade in ein Schäferstündchen geplatzt war? Musste ein normaler Mensch so etwas nicht merken? An der betretenen Stille vielleicht?

„Könnt Ihr mir morgen mal am Computer helfen?", fragte Veronika. Sophie war sprachlos. Da besorgte Hannes es ihr gerade zum ersten Mal seit einer Woche, und ihre Mutter kam mit ihren täglichen PC-Problemen daher. Hannes, sag endlich was!

„Kein Problem, Veronika. Ich habe morgen Mittag frei und komme dann zu Euch hoch", sagte Hannes.

„Ich komme dann?", dachte Sophie. Schön, dass Du kommst. Und wann komme ich? Für ihren Geschmack hatten sie ohnehin schon zu selten Sex, die Libido hatte es schwer gegen Kinder, Arbeit und Alltag. Und nun auch noch gegen die Mutter. Dieses Erlebnis würde sie so schnell nicht vergessen. Sophie gab Veronika im Stillen einen neuen Spitznamen. Antiporno. Der Antichrist im Bett.

Zehn

Sophie hatte drei Entwürfe für den Werftbesitzer gestaltet, die sich sehen lassen konnten – edel, ohne Schnickschnack und dennoch sehr einfallsreich. Am Morgen schickte sie Oliver eine Mail mit der Bitte, die Vorschläge zu sichten und zu entscheiden, welcher Entwurf es sein solle. Dann würde sie an den Feinschliff gehen. Es dauerte keine zwanzig Minuten, da hatte Sophie eine Antwort im E-Mail-Postfach. Die Entscheidung würde er gern mit ihr persönlich besprechen und bat sie, in die Werft zu kommen. Er sei den ganzen Tag verfügbar. Er war offensichtlich genauso begeistert von den Entwürfen wie sie!

Sophie tauschte Schlabberhose, Sweatshirt und Stricksocken, wie sie zu Hause vor ihrem Laptop zu sitzen pflegte, gegen eine schmale, schwarze Hose, schwarze Stiefeletten, ein Trägertop und darüber eine weiße, transparente Bluse. Sie band sich einen hohen Dutt, der die zarten Härchen in ihrem Nacken sichtbar machte und putzte sich ein zweites Mal die Zähne.

Als sie losfuhr, war der Berufsverkehr in Friedrichshafen schon fast vorbei. Sie brauchte nur fünfzehn Minuten bis zur Werft. Als sie das Auto auf dem Schotterparkplatz abgestellt hatte und auf den Eingang zuging, öffnete Oliver von innen die Tür.

„Hallo Sophie, danke, dass Du so schnell gekommen bist." Er gab ihr die Hand und hielt die Tür auf.

„Das ist doch selbstverständlich." Sie hatte schon wieder Herzklopfen. Sie folgte ihm durch den Flur in sein Büro. Von hinten sah er genauso gut aus wie von vorn. Tolle Schultern, toller Hintern! Was war nur los mit ihr? Solche äußerlichen Attribute ließen sie üblicherweise völlig kalt.

Im Büro lagen Sophies ausgedruckte Entwürfe ausgebreitet auf dem Tisch, Oliver schob ihr einen Stuhl zurecht und setzte sich neben Sophie. Er schaute sich Seite für Seite an, gab Kommentare ab und fragte nach ihrer Meinung dazu. Eine Stunde lang gingen sie alles durch, bis er sich für eine Variante entschieden hatte. Dann plauderten sie über das Wetter, das endlich wieder besser wurde.

„Es dauert nicht mehr lange, dann kann man endlich wieder ins Wasser", meinte Sophie, die sich stundenlang in den Strandbädern am See aufhalten konnte.

„Im Gegenteil, man kann *noch* ins Wasser! Bald ist es vorbei mit der guten Sicht, dann kommen die Badegäste und die Segler, die den Grund aufwirbeln. Dann kann man nur noch *aufs* Wasser." Oliver grinste. Für ihn war der See kein Planschbecken, sondern ein Tauch- und Segelrevier. Tauchen war eben außerhalb der Saison besser, wenn das Wasser klarer war als im Sommer.

„Gehst Du etwa *hier* tauchen?" Das Wasser des Sees war kalt und lockte nicht gerade mit einer exotischen Unterwasserwelt. Sophie war zwar schon im Roten Meer und im Indischen Ozean getaucht, aber während all der Jahre am Bodensee wäre sie niemals auf die Idee gekommen, dies auch direkt vor der Haustür zu tun.

„Dann entgeht Dir aber was. Korallen und bunte Fische sind natürlich toll, aber hier gibt es auch gute Stellen. Am Teufelstisch zum Beispiel."

„Ich dachte, das Tauchen sei dort verboten. Warst Du dort etwa?"

Das „Du" kam Sophie nun viel leichter über die Lippen. Taucher duzten sich schließlich alle untereinander.

Der Teufelstisch ist eine Steilwand im Bodensee in der Nähe der Marienschlucht. Der Flachwasserbereich fällt steil ab, die Felsnadel ist im Uferbereich vorgelagert und endet in einer flachen Platte dicht unter der Wasseroberfläche, wie ein Tisch. Das Terrain gilt als äußerst schwierig. Zum See hin fällt die Wand des Teufelstisches fast neunzig Meter senkrecht ab. Nach sechs tödlichen Unfällen wurde das Tauchen dort erst eingeschränkt und dann verboten.

„Das ist es auch, aber erst seit 1994. Vorher war ich zweimal dort. Beim zweiten Mal ist beinahe mein Buddy draufgegangen. Er hat eine Flosse verloren und fing an, zu sinken. Da waren wir auf 40 Metern. Er bekam Panik, hat den Inflater nicht sofort gefunden und sank immer schneller, ich hinterher. Erst bei 60 Metern habe ich ihn erwischt. Das war haarscharf."

„Genau, wie ich es mir vorgestellt hatte: Zu kalt, schlechte Sicht und obendrein gefährlich."

„Ach was. Ich wette, es gefällt Dir. Komm doch mal mit und probier es aus, dann kannst Du immer noch meckern. Es gibt im See sogar ganz gute Stellen für Anfänger."

Ihr gefiel der Gedanke, ihre Taucherfahrung aufzubessern. Als einzige Taucherin in der Familie kam sie im Urlaub mit Hannes und den Kindern kaum zu ihrem Hobby. Und gegen das kalte Wasser würde sie eben einen Neoprenanzug mit Kapuze anziehen. Vor allem aber war die Aussicht auf ein Tauchabenteuer in Olivers Nähe überaus verlockend. Und völlig unverfänglich noch dazu. Sie würde schließlich nicht mit ihm ausgehen, und was sollte beim Tauchen schon passieren? Sie würden ja nicht einmal die gleiche Luft atmen!

„Okay, ich werde es mir überlegen".

„Aber überleg nicht zu lange, denk an die Sicht unter Wasser." Oliver versprach, sich bald wegen der Entwürfe zu melden – und auch, sobald er das nächste Mal zum Tauchen aufbrechen wollte.

Elf

Hannes und Sophie sahen sich selten. Nachmittags spielte Sophie mit den Kindern und war, wann immer das Wetter es zuließ, draußen mit ihnen unterwegs. Flucht vor Veronika und Gerd. Hannes kam abends zum Essen nach Hause, fuhr danach aber häufiger als sonst in den Musikladen, um im Keller zu proben. Sophie nahm es ihm nicht übel. Was sollte er auch sonst tun? Sie hatte das ständige Ausgehen mit ihm ziemlich satt, und außerdem machte es sich inzwischen auf ihrem Konto bemerkbar. Blieb er doch einmal zu Hause, starrte Sophie nur stumpf in den Fernseher oder ging früh ins Bett. Nachdem sie den ganzen Tag lang ihre Eltern oder die Kinder um sich gehabt hatte, war für Hannes einfach kein Platz mehr. Morgens schlief er meistens aus, und sobald er das Schlafzimmer verlassen hatte, setzte Sophie sich dort an den Schreibtisch. Hannes bekam vom Familienleben kaum etwas mit, und Sophie hatte nicht das Bedürfnis, mit ihm daüber zu reden. Er fragte nicht nach und ließ sie in Ruhe. Er hatte nur noch wenig Lust, sich nervtötende Geschichten über Veronika und Gerd anzuhören. Das Problem würde sich irgendwann von selbst lösen, da mussten sie nun alle durch. Besser schweigend als streitend.

Es war inzwischen warm genug für lange Spaziergänge geworden. Seitdem hockten Veronika und Gerd weniger im Wohnzimmer und begannen, die für sie immer noch neue nähere Umgebung zu erkunden. Bei einem ihrer Spaziergänge hatten ein paar gut erhaltene Bretter aufgetrieben, die sie in den Garten trugen. Sie hatten vor, daraus ein Ablage im Flur über der ihrer Meinung nach hässlichen Heizung bauen. Diese Heizung würde man immer noch sehen, aber darüber man könnte wenigstens etwas ablegen. Als wäre das Haus nicht schon vollgestopft genug! Doch ihre Eltern brauchten Beschäftigung, Sophie nahm sich vor, dieses Mal verständnisvoll zu sein. Das fiel ihr bei ihrer Mutter immer schwerer.

„Wo willst Du denn Deine Schlüssel ablegen und mal etwas Dekoration hinstellen, wenn Du so wenig Ablagefläche hast?", fragte Veronika.

„Mama, wir zwei haben wirklich einen völlig unterschiedlichen Geschmack. Ich hatte schon überlegt, dass man Möbeloberflächen schräg bauen sollte, damit niemand sein Zeugs dort ablegen kann, weil alles runterfällt. Ist ja fürchterlich, diese Ablegerei."

„Du kannst Dir wahrscheinlich gar nicht vorstellen, wie das hinterher aussehen soll – wir bauen das einfach mal, stimmt's Gerd? Wenn es Dir dann nicht gefallen sollte, machen wir alles wieder so, wie es jetzt ist."

„Na, dann sägt Ihr mal schön, Jan macht bestimmt gerne mit."

Während Gerd und Jan draußen mit der Säge hantierten, blätterte Sophie ein wenig im „Feng Shui gegen das Gerümpel des Alltags". Sie war zufrieden mit sich, obwohl gerade das Gegenteil von Entrümpeln in ihrem Haus passierte. Sie hatte ihre Meinung gesagt und es auch noch geschafft, sich dabei nicht aufzuregen. Sie hatte gegenüber ihren Eltern so sensibel zu reagiert, wie sie es sich vorgenommen hatte. Sie würde es doch noch schaffen, der Mensch zu werden, der sie so gern sein wollte: Entspannt, gelassen, freundlich, ruhig. Es freute sie um so mehr, weil aus diesem Projekt nie etwas wurde. Jan und sein Opa hatten einen Nachmittag lang gesägt, gefeilt und gebohrt. Bevor das Ding fest montiert werden konnte, hatte Veronika erkannt, wie hässlich das Ding aussah und sie hatten alles wieder auseinander geschraubt. Die Bretter standen seither draußen an der Garagenwand.

Während es immer wärmer wurde, so dass man bald wieder am See in der Sonne liegen konnte, dachte Sophie immer häufiger an Oliver. Sie hatten mehrmals telefoniert und er hatte sie jedes Mal zu einem Tauchausflug eingeladen. So auch bei ihrem letzten Treffen, als sie ihm die fertige Imagebroschüre präsentiert hatte. Der Auftrag war abgeschlossen. Ein weiteres Mal würde er also sicherlich nicht fragen. Ein schönes Wochenende auf dem Wasser, andere Taucher kennen lernen, Spaß haben ... Warum, zum Teufel, sollte sie sich das nicht gönnen? Niemand würde sie davon abhalten, am wenigsten Hannes.

Er fand die Idee sogar hervorragend, dass Sophie endlich vor Ort das Tauchen ausprobieren wollte. Wofür hatte sie damals den teuren Tauchschein gemacht? Sie war zwar noch Anfängerin, aber da dieser Typ einen Tauchlehrerschein besaß, brauchte Hannes sich um die Sicherheit seiner Frau keine Sorgen machen. Es würde Sophie außerdem guttun, ein paar neue Leute kennen zu lernen, denn Jenny war noch immer ihre einzige Freundin am See. Er wollte etwas mit den Kindern machen, mal ganz ohne die Großeltern.

„Los, jetzt ruf an und sag, dass Du mitfährst. Tu doch mal etwas nur für Dich."

„Ausgerechnet, wenn Du Dich mal nicht in deinem Keller verkriechst und wir etwas zusammen unternehmen könnten. Da sollte ich doch eigentlich dabei sein."

„Sophie, das ist doch Quatsch. Wie oft war ich schon mit Kumpels an einem Wochenende weg? Oder traust Du mir nicht zu, dass ich mit den Kindern allein klar komme."

„Ehrlich gesagt, nein. Wie oft warst Du denn schon mit den Kindern allein?"

„Jetzt hör aber auf! Das sind keine Babies mehr, du kannst ruhig gehen."

„Weißt du was, Du hast recht. Ich fahre mit. Aber beschwer` Dich hinterher nicht."

„Hauptsache, Deine Stimmung wird endlich besser."

Hannes hatte recht. Er war schon häufig ein Wochenende ohne Familie mit Freunden unterwegs gewesen – Sophie wollte nicht, dass er die Kinder zu Rockkonzerten oder Fußballspielen mitnahm. Als Lea auf die Welt kam, war sie es gezwungenermaßen gewesen, die zu Hause blieb; Hannes konnte das Baby nicht stillen. Dann wurde Jan geboren, und als auch er groß genug war, war es für Sophie längst zur Gewohnheit geworden, dass Hannes wegfuhr und sie zu Hause blieb. Sophie musste sich dringend wieder an diese Freiheit gewöhnen.

Abgesehen von Tauchen und Fußball – zu den Rockkonzerten war Sophie vor der Geburt der Kinder gern mitgekommen – hatten Sophie und Hannes einige Interessen, die sich schwer miteinander in Einklang bringen ließen. Er erkundete Städte, indem er in einem Affentempo herumrannte; die Stadt „erlaufen", nannte er das. Sie hingegen hielt am liebsten vor jedem Schaufenster und machte Pausen in unzähligen Cafés. Sie konnte am Strand stundenlang in der Sonne braten, er schwitzte schon bei zwanzig Grad. Sie liebte Museen, er besuchte gern Stadien. Sie sauste mit den Skiern die Pisten hinunter, er hasste den Winter. Darum versuchten die beiden gar nicht erst, ihre Freizeitgestaltung krampfhaft aufeinander abzustimmen. An den Wochenenden unternahmen sie meistens kindgerechte Aktivitäten zu viert. Doch der Gedanke an den hundertsten Besuch von Streichelzoo, Freizeitbad oder Spielplatz war nicht halb so verlockend wie ein Tauchausflug. Sophie sagte zu.

Am Sonntag sprang sie um sieben Uhr aus dem Bett, sie war wahnsinnig aufgekratzt. Sophie hatte erst vierundzwanzig Tauchgänge in ihrem Logbuch und immer noch nur den Open-Water-Diver, der für ihr Urlaubshobby völlig ausreichte. Der kalte Bodensee war allerdings eine ganz andere Liga. Oliver war Divemaster, was einen sicheren Buddy aus ihm machte. Sie hatte keine Angst vor dem anspruchsvollen Tauchrevier Bodensee, wie Hannes irrtümlicherweise vermutete, sondern sie sorgte sich darum, sich mit ihren geringen Kenntnissen vor Oliver zu blamieren.

Gedankenverloren rührte sie in ihren Haferflockenbrei herum, der auf dem Herd köchelte. Haferschleim war für sie die beste Grundlage, damit ihr an Bord nicht übel wurde. Sie wollten mit Olivers Boot ab Friedrichshafen rausfahren, was viel komfortabler war, als über das steinige Ufer in den See einzusteigen. Mit dem Boot würden sie außerdem alle guten Tauchplätze im See erreichen können und nicht nur die in unmittelbarer Ufernähe.

Eine Viertelstunde vor der verabredeten Zeit war Sophie am Anlegeplatz, um ihre Leihausrüstung bei der Tauchakademie abzuholen. Sie zog den schwarzen Neoprenanzug über den Badeanzug, damit die Nähte der Tauchausrüstung nicht an der Haut scheuerten, hievte sich dann die Weste mit Gasflasche, Atemgerät und Bleigewichten auf den Rücken und klemmte sich die Flossen unter den Arm. Unter dem Gewicht schwankend ging sie Richtung Bootssteg. Sie versuchte, möglichst geradeaus zu gehen, doch das Gewichte machte das unmöglich. Sophie schwitzte in ihrem dicken Neoprenanzug an diesem ungewöhnlich warmen Maitag. Oliver kam ihr entgegen.

„Gib mal her, ich trage das", sagte er und nahm ihr mit einer Hand die Weste vom Rücken.

„Danke", ächzte Sophie, „das kann ja ein Spaß werden. Ich bin völlig untrainiert."

„Die ersten Tauchgänge sind doch immer anstrengend, aber Du gewöhnst Dich bestimmt schnell an das Gewicht. Ich helfe Dir später beim Anlegen, dann musst Du Dich nur noch rückwärts von Bord fallen lassen", sagte Oliver lachend und gab ihr zur Begrüßung die Hand. Er war nur bis zur Hüfte in seinen Anzug geschlüpft, das Oberteil und die Ärmel baumelten herunter. Sein Oberkörper war ein schöner Anblick, noch viel besser, als Sophie im angezogenen Zustand erwartet hatte.

„Wo sind denn die Anderen?" Sie schaute sich suchend um.

„Oh, dachtest Du, ich nehme noch jemanden mit? Nein, wir fahren allein. Ich hoffe, Du hast nichts dagegen?"

Sophie zog fragend die Augenbrauen hoch.

„Nein natürlich nicht. Bisher war ich eben noch nie allein auf einem Tauchboot."

„Was würde mir der Luxus eines eigenen Bootes nutzen, wenn wir uns wie Touristen zu zwölft daraufquetschen müssten?", fragte Oliver und lachte wieder.

„Aha, wir machen also die Luxus-Tour." Sophie entspannte sich und lachte nun ebenfalls.

„Sie haben es erfasst, Madame", gab Oliver zurück.

Nach einer kurzen Fahrt in Richtung Langenargen waren sie angekommen. Oliver warf den Anker aus und hisste auf dem Boot die Alpha-Flagge, die Schutzflagge für Taucher. Sie legten die Ausrüstung an. Oliver kontrollierte gewissenhaft die Luftzufuhr und alle Funktionen an Sophies Weste, dann machte er sich mit geübten Handgriffen selbst startklar. Sie ließen sich rückwärts von Backbord ins kalte Wasser plumpsen.

Die Sicht unter Wasser war noch schlechter, als es Sophie erwartet hatte. Wie wäre es erst im Sommer, wenn die Badegäste und der Schiffsverkehr noch mehr Schlamm aufwirbelten? Sophie blieb dicht hinter Oliver, der in dem für sie unbekannten Terrain langsam vor ihr her schwamm. Ein Blick auf den Tiefenmesser zeigte zehn Meter. Er schwamm neben sie und formte mit Daumen und Zeigefinger einen Kreis. Damit fragte er, ob alles in Ordnung war. Sie gab ein O.K.-Zeichen zurück, und er zeigte er mit dem Daumen nach unten – und sie tauchten noch tiefer. Dann wurde die Sicht plötzlich besser. Natürlich sah es ganz anders aus als in tropischen Gewässern; Schlamm statt Sand, Krebse statt Korallen und Welse statt Clownfische. Anders, aber absolut faszinierend. Es fühlte sich wie Fliegen an. Sophie tarierte sich aus, drehte sich auf den Rücken und blickte nach oben Richtung Wasseroberfläche. Dreißig Meter Wasser trennten sie von der Welt da oben. Sie grinste breit mit ihrem Atemgerät im Mund und schaute ihren Luftblasen hinterher, die perlend zur Oberfläche aufstiegen.

Nach einer halben Stunde bedeutet Sophie Oliver, dass sie fror, und sie tauchten nach oben. Bei fünf Metern Tiefe machten sie den obligatorischen Tiefenstopp und hielten sich dabei an der Ankerleine fest, während der Stickstoff aus ihren Blutbahnen entwich. Oliver kontrollierte mit einem Blick auf die Uhr, dass der Stopp lang genug gedauert hatte. Er nahm Sophies Hand und paddelte, den anderen Arm nach oben gestreckt, zur Wasseroberfläche.

„Das hast Du echt gut gemacht."

Mit einem breiten Lächeln hielten sich die beiden an der Bootsleiter fest. Oliver kletterte als erster ins Boot, beugte sich über den Rand und nahm Sophie die schwere Weste mit der Sauerstoffflasche ab. Dann half er Sophie ins Boot, die auf wackeligen Beinen ungeschickt hinterher kletterte. Es war nicht zu übersehen, dass sie aus der Übung war.

„Das war so toll", jubelte Sophie und lehnte sich völlig erschöpft an die Tür zur Fahrerkabine, „egal, wie die Sicht ist und wie kalt es ist, ich liebe es einfach. Vielen Dank fürs Mitnehmen!"

„Ja, es war wirklich toll", sagte Oliver mit einem ebenso breiten Lächeln im Gesicht.

„Ach, Du warst ja schon tausendmal im See, für Dich war es bestimmt gar nichts besonderes."

„Es war unvergleichlich." Oliver hatte aufgehört zu lächeln und wurde ernst. Sie standen nur einen halben Meter voneinander entfernt. Sophies Herz klopfte auf einmal bis zum Hals. Oliver ging einen Schritt auf sie zu und war nun so dicht vor ihr, dass sie sich fast berührten. Sie stand wie erstarrt. Er griff mit seinen Händen ihre Taille, drückte sich gegen sie, so dass sie die Tür im Rücken spürte und drückte seinen Mund auf ihren. Sie öffnete leicht ihre Lippen und ließ es geschehen, seine Zunge wanderte in ihren Mund. Dann erwiderte sie seinen Kuss. Oliver presste seinen Körper gegen ihren, und gierig küsste sie diese fabelhaft weichen Lippen, streichelte seinen Nacken. Er öffnete seinen Reißverschluss bis zum Bauchnabel, und ihre Hände glitten über seinen Oberkörper. Seine Haut unter dem dicken Neoprenanzug war nass, aber warm. Sophie fühlte sich, als würde sie einen halben Meter über dem Boden schweben. Es war für sie so unerwartet und erregend, dass er ohne Gegenwehr alles mit ihr tun konnte. Oliver öffnete auch ihren Reißverschluss, streifte ihre Neoprenkapuze herunter und schälte den nassen Anzug von ihren Schultern. Er drückte die Klinke zur Steuerkabine herunter und schob sie hinein.

Drinnen fielen sie übereinander her. Sie umschlangen einander, küssten sich, bis ihre Lippen sich vom Küssen wund anfühlten und schliefen so innig miteinander, dass ihre Körper sich wie eine verschmolzene Masse anfühlten. Sie waren eins.

Als Sophie im Auto saß, waren ihre Lippen und die Stellen, wo Oliver sie mit seinen Händen berührt hatte, glühend heiß. Ihr war, als hätte sie auf dem Boot eine fremde Welt betreten. Der Boden flüssig, der Himmel war direkt um sie herum. Es zählten andere Regeln. Als sie sich dem Ufer genähert hatten, war es, als käme die Realität langsam wieder zurück. Ihr Leben, Ihr Alltag, ihre Familie. Oliver bat sie, mit zu ihm nach Hause zu kommen.

„Kannst Du mich bitte einfach rauslassen?" hatte Sophie geantwortet. Bevor Oliver das Boot festgemacht hatte, hatte sie einen großen Schritt auf den Steg gemacht und war ohne Abschied zu ihrem Auto geeilt. Sie wusste überhaupt nicht mehr, wie sie sich verhalten sollte. Sie hatte völliges Neuland betreten.

Zwölf

Was sollte sie nun tun? Wie gingen Fremdgänger mit ihren Taten um? Gestehen oder verheimlichen? Was war die beste Lösung? Sie dachte beinahe jede Minute daran, dass sie fremdgegangen war. Anstatt wie auf dem Boot auf Wolken zu fliegen, war sie schrecklich deprimiert und wünschte nichts sehnlicher, als den Ausrutscher ungeschehen zu machen. Ständig überlegte sie, wie sie Hannes alles beichten konnte. Sie war entschlossen, ihm die Wahrheit zu sagen, denn Ehrlichkeit war das Wichtigste in einer Beziehung. Nur wann war der richtige Zeitpunkt? Die Kinder durften es nicht mitbekommen, falls Hannes ausrasten sollte. Und das würde er. Ihre Eltern sollten es ebenfalls nicht mitbekommen, sie würden mit erhobenem Zeigefinger und guten Ratschlägen auf sie einstürmen. Es reichte, wenn ihr Ehemann ihr Vorwürfe machen würde. Da brauchte sie nicht noch die tadelnden Worte ihrer Mutter.

Immer wieder schob sie die Beichte vor sich her. Bald waren einige Wochen vergangen, und es hatte sich noch immer keine Gelegenheit ergeben, Hannes zu gestehen. Stattdessen stellte sie überrascht fest, dass man sich sogar an ein schlechtes Gewissen gewöhnen konnte. Zu den Gewissensbissen gesellte sich noch ein anderes Gefühl: Sehnsucht. Sie sehnte sich nach Oliver und träumte von dem unwirklichen Tag auf dem Wasser, an dem sie sich so wild und verliebt gefühlt hatte wie schon lange nicht mehr. Doch eine handfeste Affäre beginnen? Nein, so verdorben war sie auch wieder nicht. Sie versuchte, so wenig wie möglich an Oliver zu denken, was ihr auch die meiste Zeit gelang.

Es war inzwischen Sommer, und zur Wohnsituation der Kowalskis war zu erwarten, dass sie sich wenigstens ein wenig entspannen würde: Sie hatten eine große Terrasse, die bei schönem Wetter mehr Raum für die Familie bedeutete, um sich aus dem Weg gehen zu können. Doch das Gegenteil war der Fall. Veronika und Gerd liefen ihnen jetzt noch häufiger über den Weg als zuvor. Um nämlich nach draußen zu gelangen, musste man durch das Wohnzimmer laufen, und so begegneten sie sich schon auf dem Weg dorthin am laufenden Band. Im Übrigen wollten die Kowalskis ebenfalls gern ihre Terrasse nutzen. Denn Sophie und Hannes teilten eine kleine Leidenschaft: Grillen! Wenn sie sich also draußen aufhielten, saßen sie nun zwangsläufig zu sechst auf der Terrasse.

Sophie und Hannes waren so begeisterte Griller, dass sie die Kohle am liebsten schon morgens anfachen und erst am späten Abend ausglühen lassen würden. Es gab nur Weniges, das bei ihnen noch nicht den Weg auf das Rost gefunden hatte. Ganz hoch im Kurs standen bei Jan Spareribs, weil er gerne Knochen abnagte. Hannes konnte sich immer an Bauchscheiben erfreuen, und Sophie zog beim Gedanken an Lammfleisch Geschmacksfäden.

Früher war Sophie Vegetarierin gewesen, was für sie heute undenkbar wäre. Mit fünfzehn Jahren hatte sie sich dazu entschieden, fleischlos zu leben. Die schlechte Tierhaltung und die maschinelle Tötung waren ihr zuwider. Das änderte sich, als mit Mitte zwanzig Hannes in ihr Leben trat. Hannes war eine regelrechte Fleischvernichtungsmaschine. Ein paar Monate hatte Sophie ihm die Stirn geboten und im Restaurant ungerührt die Gemüsepfanne bestellt. Doch dann hatte er sie mit seiner Leidenschaft für Fleisch angesteckt, sie kapitulierte vor seinem genussvollen Schmatzen, wenn er die Zähne in Hähnchenkeule, dicke Cheeseburger oder Schweinshaxe schlug. Ein schlechtes Gewissen hatte Sophie trotzdem noch. Manchmal. Nur Lea hielt sich lieber an Salat oder gegrillte Gemüsespieße. Sie kam offenbar nach ihrer Mutter, bevor diese Hannes kennen gelernt hatte. Damit war Lea die einzige, die dem Grillwahn der Familie nicht so richtig folgen wollte.

Die Tage wurden also wieder länger und warm, was bedeutete, dass Sophie sich gar nicht erst in die Küche stellte. Außer vielleicht, um das Bratrost zu putzen. Grillabende wurde bei ihnen richtig zelebriert, selbst wenn sie fünf Mal pro Woche stattfanden. Hannes und Sophie telefonierten tagsüber mehrfach, damit am Abend nichts fehlte. Besonders zu Beginn der Grillsaion mussten sie sich erst wieder richtig einspielen, damit jeder Essenswunsch erfüllt wurde. Das war das Tolle daran, dass sich jeder grillen konnte, was er wollte. Eine unbeschwerte Zeit stand bevor; auch für Sophie, so lange sie ausblendete, dass ihr Leben vermutlich ganz anders verlaufen würde, wenn sie ihrem Mann endlich die Wahrheit sagen würde. Vielleicht sollte sie ihr schlechtes Gewissen lieber für sich behalten, als womöglich ihre Ehe mit einem Geständnis zu zerstören … Ein solcher Grillabend war es, als Veronika mal wieder den Vogel abschoss.

Während die Kowalskis in trauter Viersamkeit im Garten saßen und jeder sich aufs Essen freute, kam Oma Roni in den Garten und begann einen ihrer Vorträge über gesunde Ernährung. Man könne den Verzehr von Schweinefleisch noch nach Wochen in den Haarwurzeln nachweisen. Niemandem erschloss sich wirklich der Sinn, warum das von Bedeutung sein sollte. Klar, Schweinefleisch war schwerer zu verdauen als etwa Geflügel. Aber was soll's. Christoph Daum konnte ein Lied von Haarproben singen. Aber Koks und Schweinefleisch waren nun doch ein qualitativer Unterschied.

Sophie wünschte sich einen der hundert schlagfertigen Sprüche, die ihr Mann auf den Lippen hatte, wenn sie allein waren. Aber Hannes machte lediglich wieder sein Zitronengesicht. Er blickte auf seine extra krosse Bauchscheibe auf dem Teller und zog langsam ein Stück Baguette durch den Ketchup. Veronika faselte weiter. Dann stand er kommentarlos auf und ging ins Haus. Wenig später kam er mit einer Flasche Bier wieder. Da hatte er wohl etwas herunterzuspülen. Seine Stimmung war im Keller. Von hundert auf null. Die Flasche war schnell geleert. Warum war Veronika überhaupt in den Garten gekommen?

„Zeit für 'nen Konter, Schatz", raunte Sophie Hannes zu, ohne dass ihre Mutter es hörte. Sie war zu sehr mit ihrem Vortrag beschäftigt. Warum nur gab sie ständig Ratschläge? Konnte sie nicht einfach akzeptieren, dass jeder sein eigenes Leben lebt? Sophie kam ja schließlich auch nicht in die Küche, wenn ihre Mutter sich ihr Öko-Abendessen zubereitete und sagte „Iiiiihhh, Grünkern-Bratlinge!".

Vielleicht bildete Veronika sich sogar ein, Sophie sei damals ihr zuliebe Vegetarierin geworden. Das stimmte aber nicht; wenn überhaupt war ihre Freundin Ellen, die Sophie so sehr bewunderte, ihr Vorbild. Sie aß seit mehr als zwanzig Jahren kein Fleisch. Einzige Ausnahme waren jene wenigen Nächte, in denen sie nach einer Party heillos betrunken war. Dann setzte sie alles daran, eine Currywurst zu bekommen. Am nächsten Tag hatte sie diese kleine Sünde aber wieder vergessen, Filmriss sei dank. Sophie und Kiki hüteten sich, sie daran zu erinnern und ihr damit ein schlechtes Gewissen zu machen.

Veronikas Anwesenheit auf der Terrasse zog sich schon seit gefühlten Stunden hin, obwohl sie bestimmt erst wenige Minuten neben ihr stand. Sophie ahnte, dass Veronika Unterhaltung brauchte. Gerd war bestimmt wieder beim Fernsehen eingeschlafen, und nun war ihr langweilig. In Erinnerung an ihren Fernsehabend bei ihren Eltern versuchte sie, Verständnis für ihre Mutter aufzubringen. Aber warum konnte sie nicht einfach ganz normale Gesprächsthemen anfangen? Musste sie auf immer den selben Themen herumreiten? Hannes hatte sein Bier inzwischen ausgetrunken und schien sich etwas gefangen zu haben.

„Willst Du vielleicht mitessen?", fragt er Veronika.

„Wenn es Euch nichts ausmacht, dann setze ich mich gerne zu Euch. Aber Hunger habe ich eigentlich nicht", sagte Veronika. Hannes hatte es mal wieder geschafft, genau das zu tun, was Sophie so gar nicht wollte. Hauptsache der Familienfrieden blieb gewahrt. Hannes hielt Veronika sogar den Grillteller hin. Naja, was soll's, Lea hatte so viele Gemüsespieße gemacht, dass es locker auch für Veronika reichte. Doch nein, die Pseudo-Vegetarierin nahm das Stück Lamm, das für Sophie gedacht war. Das nannte man bigott! Nun war Selbstbeherrschung gefragt, sonst würde sie explodieren. Sophie machte es Hannes nach und holte sich einen doppelten Ramazotti, der ihre Nerven beruhigen sollte.

Hannes kam mit der nächsten Platte voll Fleisch vom Grill. Veronika pikste mit ihrer Gabel in ein saftiges Stück Nackensteak – vom Schwein. Guckte dabei noch unschuldig, als wüsste sie nicht, von welchem Tier sie sich die Teile waren. Sophie lehnte sich zu ihrer Mutter hinüber und riss ihr eines ihrer blondierten Haare heraus. „Aua, was machst Du denn da", schnauzte sie ihre Tochter an.

„Das schicke ich ins Labor", erwiderte Sophie. Hannes fing schallend an zu lachen. Sein wunderbares, ansteckendes Lachen. Veronika ließ das Steak liegen, stand wortlos auf und ging nach oben. Sophie lächelte, unschlüssig ob sie sich freuen oder ob es ihr leid tun sollte. „Hannes, wir müssen uns mal ganz dringend unterhalten."

„Na klar, worüber denn?"

„Über meine Eltern." Und ich hätte dir noch etwas zu beichten, dachte sie. Mistmistmist. Da war es wieder, das schlechte Gewissen. Wie eine nasse, kalte Decke im Magen. „Wenn die noch länger hierbleiben, passiert noch ein Unglück. Ich halte es bald nicht mehr aus. Ich kann dir schon jetzt für nichts mehr garantieren."

Dreizehn

Die Telefonate mit Jennifer waren seit dem Einzug von Sophies Eltern seltener geworden. Wenn sie miteinander redeten, unterhielten sie sich normalerweise offen und ziemlich frivol. Das war unmöglich, wenn die eigene Mutter in der Nähe war. Wenn Sophie telefonierte, war sie dabei garantiert nicht ungestört. Es hörte immer jemand mit. Da musste Sophie schon warten, bis ihre Eltern einkaufen oder spazieren gingen, dann steckte sie den Schlüssel von innen ins Haustürschloss, damit sie nicht überrascht werden konnte. Sie hatte die alptraumhafte Vorstellung, dass ihre Eltern plötzlich hinter ihr stünden und mithörten, ohne dass sie es merkte. Sophie war ein nervliches Wrack. Der Abend mit dem Antiporno hatte eine spürbare Angstneurose bei ihr verursacht. Ganz abgesehen von dem schlechten Gewissen, das sie seit dem Tag auf dem See mit Oliver plagte. Sie war sich nicht mehr so sicher, dass sie das Erlebnis wirklich unbedingt mit Hannes teilen wollte. Aber mit irgendjemandem wollte sie schon gern darüber reden. Seit sie fremdgegangen war, gab es kaum unbeschwerte Tage. Abwechselnd stellte sie ihre Ehe in Frage oder dachte an Oliver und den wundervollen Sex, den sie gehabt hatten.

Als Sophie Jenny anrief, war sie ungestört. Ihr erster Impuls war es, ihre Freundin einzuweihen. Doch was würde das bringen? Es wäre eine Erleichterung für sie selbst, mit jemandem darüber zu reden, würde aber gleichzeitig Jennifer die Last des Geheimnisses aufbürden. Andererseits war Hannes nicht mit Jenny befreundet, anders als mit Kiki und Ellen, die in einen echten Loyalitätskonflikt kommen würden. Wenn sie sich also überhaupt jemandem anvertrauen konnte, dann ihr. Wahrscheinlich wäre Jenny sogar beleidigt, wenn Sophie es nicht täte. Die Freundin zeigte schließlich auch das größte Verständnis für den Dauerstress, den die Präsenz von Sophies Eltern hervorrief.

„Du musst die Situation ändern, bevor Du verrückt wirst. Sag Deinen Eltern, dass sie sich pronto etwas suchen sollen. Schmeiß sie zur Not raus."

„Ich weiß nicht, ob ich das kann, Jenny. Es ist so schwer, seine Eltern vor die Tür zu setzen. Selbst wenn man anfängt, sie zu hassen."

„Tja, früher waren wir ihr Problem, heute sind sie unseres."

Sophie schwieg. Als wäre nicht alles schon dramatisch genug, lief ihr auch noch so ein verdammt aufregender Typ über den Weg. Es würde zu weit gehen, Sophie als verliebt zu bezeichnen, aber sie stand definitiv in Flammen.

„Jenny, ich habe noch ein größeres Problem."

„Was könnte noch schlimmer sein?"

„Mit Hannes läuft es gerade nicht so toll."

„Na, das ist kein Wunder. Dass Du nicht längst durchgedreht bist, ist hingegen schon eines. Komisch, dass er wegen Deiner Eltern nicht schon längst auf den Tisch gehauen hat."

„Darauf warte ich ja die ganze Zeit. Den stört die ganze Situation aber nicht richtig. Er pflichtet mir immer nur bei, kriegt dann vor meinen Eltern aber den Mund nicht auf."

„Er lässt Dich also auf dem Schlachtfeld verrecken."

„Gewissermaßen tut er das. Aber das ist schon längst nicht mehr das einzige Problem. Glaub´ mir, ich habe kein Recht mehr, ihn deswegen zu beschuldigen. Ich bin ein viel größeres Arschloch."

Und dann berichtete Sophie, wie sie Oliver kennen gelernt hatte, von ihrem Tauchausflug und wie er geendet hatte. Jenny wurde ungewöhnlich schweigsam. Das war nur der Fall, wenn sie ratlos war.

„Jenny, bitte sag doch was."

„Entschuldige, dass ich kurz sprachlos war. So etwas hätte ich nie von Dir erwartet."

„Ich doch auch nicht, glaub´ mir. Wir haben ja erst nur ein bisschen geflirtet, daran ist ja nichts Schlimmes. Aber als er mich so geküsst und gepackt hat, war mein Widerstand einfach dahin."

„Das kann man zwar nachvollziehen, aber das entschuldigt es nicht. Es behauptet ja niemand, dass Monogamie einfach ist."

„Mensch, Jenny, mein Gewissen ist bereits schlecht. Du brauchst es nicht noch schlechter zu machen."

„Sorry, aber Du vertraust Dich mir doch an, weil ich Deine Freundin bin. Darum verdienst Du meine ehrliche Meinung. Oder sehe ich das falsch?"

„Du hast natürlich recht. Es ist nur so verdammt unangenehm."

„Du liebst doch Hannes, oder?"

„Ja, aber trotzdem denke ich permanent an Oliver. Ich kann meine Hand nicht mehr für mich ins Feuer legen, falls Du weißt, was ich meine."

„Versuch trotzdem, ihn zu vergessen. Oder mach´ beim Sex mit Hannes die Augen zu und stell Dir Oliver vor."

„Sehr witzig. Als würde es bei Oliver nur um Sex und bei Hannes nur um Liebe gehen!"

„Dann gib´ Euer Liebe auch eine Chance. Du musst ganz dringend weg. Wann hattet ihr zwei zuletzt ein schönes Erlebnis? Vergesst mal den ganzen Ärger zu Hause mit Deinen Eltern. Macht etwas Schönes. Vielleicht ist das Strohfeuer dann abgebrannt und Oliver dir nicht mehr wichtig. Wenn es dann immer noch schlimm ist, überlegen wir uns was Neues."

„Aber wie sollen wir das bezahlen?"

„Geht doch einfach Zelten. Das ist immer billig. Hast Du doch früher schon gemacht, oder?"

Sophie seufzte. Konnte die Lösung so einfach sein? Sie glaubte nicht so recht daran. Anderseits hatten sich schon einige Probleme in Luft aufgelöst, wenn man Geduld hatte. Ein weiterer Monat Funkstille mit Oliver könnte tatsächlich helfen, ihn zu vergessen. Bis sie wiederkämen, müssten sie nur noch ihre Eltern loswerden. Sophie stellte sich vor, wie ihr das alles nach den Sommerferien wie ein böser Albtraum vorkäme – ein Albtraum, der endlich vorbei wäre. „Okay, ich will´s versuchen. Drück´ mir die Daumen."

Sophies Erinnerungen an früheres Zelten waren nicht die Schlechtesten: Ganz nah am Strand, Saufen schon am Vormittag, Ravioli aus der Dose, und wenn es regnete, Sex auf der Isomatte im Zelt bis die Sonne wieder schien. Obwohl Sophie schon lange keine Studentin mehr war, inzwischen eine Sieben-Zonen-Kaltschaum-Matratze bevorzugte und am Nachmittag gern einen gepflegten Cocktail auf Eis trank, wollte sie nur eines: Weg von zu Hause, weg von ihren Eltern, weg von ihrer Affäre. Sophie war kurz davor, einen Doppelmord zu begehen. Früher einmal hatte Sophie sich über Gäste immer gefreut. Sogar über ihre Eltern, gern auch über Nacht. Doch der Fisch fängt nach drei Tagen an zu stinken, Veronika und Gerd waren schon seit mehr als sechs Monaten da. Jenny hatte Recht, wenn Sophie ihre Haut retten wollte, musste sie hier raus.

Als Hannes nach Hause kam, erzählte Sophie ihm von dem Urlaubsplan. Er war sofort begeistert und begann, sich über die Details Gedanken zu machen.

„Für die Kinder wäre es toll, die haben bisher ja nur mit dem Zelt im Garten übernachtet."

„Wir passen doch locker alle vier da rein, oder? Eine Kabine für die Kinder, eine für uns, und in die Mitte kommen die Sachen. Außerdem ist man beim Campen ja eh nur draußen".

„Okay, dann schmeißt Marek den Laden in den letzten vier Schulferienwochen alleine. Dann ist sowieso nicht viel los. Ich besorge sofort morgen einen aktuellen Campingführer, danach entscheiden wir, wohin wir fahren", erklärte Hannes. Jetzt musste Sophie nur noch bis August durchhalten.

Vierzehn

Sophie hatte ausgeschlafen und den ganzen Vormittag frei. Wenn sie noch die nächsten Wochen bis zu den Schulferien überlebte, dann winkte ihr ein vierwöchiger Campingurlaub ohne Eltern. Sie streckte sich und beschloss, den Tag zu genießen. Mit Rührei mit Speck, Croissants und einem Glas Sekt mit Orangensaft. Dazu lud Sophie sich bei Maxdome einen Film runter. „Kill Bill", damit sie sich am nächsten Tag in aller Ruhe auch noch Teil zwei reinziehen konnte. Nur schnell duschen und zum Bäcker, dann konnte es losgehen. Sophie tappte ins Bad, stellte die Dusche an – und griff ins Leere. Kein Duschvorhang. Wo war das verflixte Ding? Der konnte sich ja nicht in Luft aufgelöst haben. Es hatte ihn auch niemand im Sturz oder wie auch immer abgerissen, sonst würde ja die Stange nicht mehr hängen. Sophie rätselte vor sich hin, während sie ohne Duschvorhang duschte und sich auf dem Fußboden vor der Dusche ein kleiner See bildete. Sie trocknete sich ab und warf das Handtuch auf die nasse Stelle, um nicht darauf auszurutschen. Dann machte sie sich einen schlampigen Dutt, zog ihre Lieblings-Frottee-Hotpants und ein T-Shirt an, holte Croissants und setzte sich mit ihrem Frühstück vor den Fernseher. Das ging eine halbe Stunde gut, dann hörte Sophie im Treppenhaus das Klack-Klack-Klack von Veronikas Pumps. Kurz darauf liefen ihre Eltern durchs Bild. Beide ordentlich frisiert, Mutter in Seidenbluse und Hose mit Floralprint, Vater mit Polohemd und Bundfaltenhose, aber mit Pantoffeln. Sie wollten draußen frühstücken, bei dem tollen Wetter. Bitte, macht einen schönen Ausflug, hoffte Sophie. Sie fühlte, wie ihr rechtes, unteres Augenlid nervös zu zucken begann. Noch zwei Monate durchhalten. Sie zwang sich, tief durchzuatmen und versuchte, sich auf ihren Film zu konzentrieren, während ihre Mutter ihren Vater beim hin- und herlaufen laut fragte, was er frühstücken möchte und ebenso laut aufzählte, worauf sie selber Lust hätte. Uma Thurman war gerade dabei, ihre erste Gegnerin zu eliminieren. „Willst Du nicht zu uns rauskommen zum Frühstücken?" rief Veronika und machte Winkbewegungen durch die Fensterscheibe. Mannomann.

„Nein danke", rief Sophie zurück.

„Warum nicht, es ist so herrliches Wetter!"

Da lief Veronika schon wieder durchs Bild, Frühstückssachen raustragen.

„Das ist aber ganz schön brutal, was Du Dir da anschaust", meinte Veronika mit einem Blick auf den Bildschirm. Veronika kommentierte im Fernsehen alles, angefangen von der Tagesschau bis hin zu Action-Filmen, die sie am allerwenigsten leiden konnte. Sie hielt Fernsehen für reine Zeitverschwendung. Veronika war eine Leseratte, sie liebte Romane – vor allem, wenn sie romantisch waren. Sie war eine glühende Verehrerin der britischen Schriftstellerin Rosamunde Pilcher. Dass die Romane inzwischen allesamt verfilmt worden waren, interessierte sie überhaupt nicht.

„Das ist ja furchtbar, wie grausam", sagte Veronika gerade.

„Sie hat es verdient. Das ist also nicht wirklich grausam, sondern Rache", versuchte Sophie einen Erklärungsversuch. Stirnrunzeln von ihrer Mutter.

„So ist das eben in unserer Generation."

Diese Antwort reichte fast immer. Es war auch Sophies Lieblingsantwort auf Veronikas Frage, warum die Kowalskis im Haus barfuß anstatt mit Pantoffeln herumliefen, auf dem Sofa aßen, ihre löchrigen Socken nicht stopften, mit Musik im Ohr Joggen gingen oder die Kinder Nintendo spielen ließen. Generationskiste. Die Antwort reichte auch dieses Mal. Veronika wechselte das Thema.

„Ich habe übrigens Euren Duschvorhang in die Waschmaschine gesteckt. Der sah nicht mehr schön aus", erklärte Veronika und blieb halb vor dem Bildschirm stehen. Darum war er also weg!

„Ich wusste gar nicht, dass man sowas wäscht. Ich dachte immer, wenn er schimmelt, schmeißt man ihn weg und kauft einen neuen", erwiderte Sophie gedankenverloren. Das hätte sie nicht sagen sollen. Jetzt setzte Veronika sich hin und fing ein Gespräch über den Haushalt an. Sophie drückte an der Fernbedienung auf Pause, damit sie das Gemetzel nicht verpasste.

„Muttern, entweder Du guckst jetzt den Film mit, was Du aber nicht verkraften würdest, weil am Ende fast alle tot sein werden. Oder Du gehst wieder raus und lässt mich in Ruhe schauen", sagte Sophie in Feldwebel-Tonfall. Die Worte zeigten Wirkung. Untypischerweise zuckte Veronika daraufhin die Schultern und ging hinaus, ohne weiter zu diskutieren. Sophie war froh. Anscheinend hatte sie endlich den richtigen Ton gefunden, mit dem sie sich gegen ihre Mutter durchsetzen konnte. Diesem Tonfall musste sie sich unbedingt merken um ihren Eltern das nächste Mal zu sagen, dass sie ausziehen mussten.

Fünfzehn

Das Thema erneut anzuschneiden, kostete sie große Überwindung, aber sie wurde schließlich immer geübter mit klaren Ansagen. Sophie sagte nun wirklich mit Nachdruck, dass Veronika und Gerd ausziehen mussten. Es machte nichts, dass Hannes sich dabei nicht hinter seine Frau stellte, sondern nur stumm daneben saß. Der Schlappschwanz. Doch Sophies Sorgen waren unbegründet, die Aussprache verlief unerwartet harmonisch. Veronika und Gerd hatten ihrer Tochter in allem beigepflichtet und ihre Argumente einleuchtend gefunden – es war ihnen sogar selbst klar, dass sich die gemeinsame Wohnsituation nicht mehr ewig aushalten ließ. Von Geldnöten war keine Rede mehr, ihr Vater hatte also offenbar endlich wieder Zugriff auf sein fest angelegtes Geld. Sophie hielt es darum für völlig überflüssig, ihren Eltern eine Deadline zu setzen oder sie sogar rauszuschmeißen.

Die Köhlers fanden auch die Idee ausgezeichnet, dass die ganze Familie Kowalski in den Sommerferien vier Wochen wegfahren wollte; vor allem, dass sie Zelten wollten. Man ist praktisch die ganze Zeit draußen, und frische Luft ist ja so gesund. Veronika verzichtete sogar ausnahmsweise auf gute Ratschläge. Sie und Gerd wollten ebenfalls wegfahren, und zwei Wochen lang alte Freunde besuchen. Sie schlugen vor, ihre Reise unmittelbar vor dem Urlaub der Kowalskis zu unternehmen, damit Garten und Haus versorgt wären. Innerlich jubilierte Sophie. Sechs Wochen lang ohne ihre Eltern. Der Gedanke daran löste eine fast vergessene Wohlgefühl bei ihr aus. Sie hatte endlich wieder die Hoffnung, dass alles gut werden würde. Warum wollte sie eigentlich damals, dass ihre Eltern herkamen? Sie konnte sich nicht mehr daran erinnern, so übermächtig war der Wunsch, sie würden endlich ausziehen.

Einen Monat später hatten Veronika und Gerd ihre Koffer bereits für die Reise gepackt, jedoch noch immer keine Wohnung gefunden. Sophie blieb dennoch optimistisch. Die Fronten waren schließlich geklärt, und wenn sie jetzt noch keine Wohnung hatten, würden sie sicherlich nach ihrer Rückkehr etwas finden, während die Kowalskis Zelten waren. Sie freute sich auf die Wochen, in denen sie das Haus wieder für sich hätte und ließ sich das durch nichts vermiesen. Ganz allein auf dem Sofa sitzen, ohne dass jemand hereinplatzte. Nur mit einer Unterhose bekleidet – es waren draußen immerhin fünfunddreißig Grad – auf dem kühlen Ledersofa liegen, vielleicht ein bisschen die Fußnägel lackieren, ein Buch lesen, einen Film anschauen, dazu eine Pizza bestellen … und vor allem das Alleinsein genießen. Nachmittags mit den Kindern baden gehen, und abends käme Hannes nach Hause, der Grill wäre schon heiß, und sie würden ganz gemütlich, nur zu viert, im Garten sitzen. Keine Vorträge über ihren Fleischkonsum. Kein Tofu. Es könnte wieder wie früher werden. Ja, das würde es!

Sophie würde in den kommenden sechs Wochen wieder der Mensch werden, der sie vorher war und in den Hannes sich so verliebt hatte. Entspannt, lustig und kreativ. Sie mochte ihren Beruf, aber anders als Hannes war ihr ohne Arbeit niemals langweilig. Sie kochte gern ausgiebig, ging ins Kino, werkelte im Garten herum, dekorierte, strich Wände, las oder lag in der Sonne – ihr fielen ständig Dinge ein, die sie gern tat. Selbst wenn gar nichts los war, war ihr nicht langweilig. Dann genoss sie das Nichtstun. Herrlicher, heißgeliebter Müßiggang! So stellte Sophie sich die kommenden zwei Wochen zu Hause bis zum heißersehnten Urlaub vor.

Als Veronika und Gerd abreisten, ließ sie krachend die Haustür ins Schloss fallen und lehnte sich von innen dagegen. Endlich allein. Sie wollte einfach wieder die alte Sophie sein. Die Kinder durften sich verabreden, sie würde mit ihnen an den See fahren oder zu Hause entspannen, ohne dass Veronika sich ständig einmischte. Vor allem wollte sie Oliver vergessen. Das wäre ja noch schöner, wenn sie sich von ihren Hormonen ihr Leben diktieren lassen würde. Ihr war völlig klar, warum sie dauernd an Oliver denken muss: Endorphine jagten durch ihr Gehirn, das hatte sie in den Frauenzeitschriften gelesen, die Jenny regelmäßig aus ihrem Frisörsalon mitbrachte. Verliebtheit war lediglich eine chemische Reaktion, die den Fortbestand der Menschheit sichern sollte, und dafür hatte sie mit der Zeugung von zwei Kindern ja bereits genug getan. Sie würde versuchen, diese lästige Chemie zu ignorieren und darauf zu warten, dass die Hormone wieder ins Lot kamen. Masturbation könnte dabei durchaus hilfreich sein. Und abends könnte sie sich in den kommenden zwei Wochen ungestört von hereinplatzenden Eltern einfach von Hannes das Gehirn rausvögeln lassen. Nach vier Wochen Urlaub würde die Welt sicher wieder ganz anders aussehen. Sophie stieß sich mit Schwung von der Haustür ab und ging nach oben in den zweiten Stock. Sie kontrollierte, ob ihre Eltern alle Fenster geschlossen hatten, schloss die obere Flurtür und drehte von außen den Schlüssel zwei Mal herum. Sie nahm sich vor, nun nicht mehr an Veronika und Gerd zu denken. Sie holte einen Putzeimer aus dem Keller, wischte alle Böden und Flächen feucht ab und zündete in jedem Zimmer ein Räucherstäbchen an. Vielleicht würde das helfen, damit ihr Haus sich wieder wie ihr Haus anfühlte und roch. Einmal auf „delete" gedrückt. Neustart bitte.

Als Sophie mit ihrer Putzaktion fertig war, gönnte sie sich, im Badezimmer eingeschlossen, einen Quickie mit ihrem Taschenvibrator, machte sich einen Piccolo auf und legte sich mit einer Zeitschrift und einer Flasche Sonnenöl auf einen Liegestuhl im Garten. Sie streckte sich ausgiebig, aus dem Nachbargarten wehte das fröhliche Kreischen von Lea und Jan herüber, die dort auf dem Trampolin ihrer Freunde herumtobten. Echte Zuversicht machte sich in Sophie breit, dass alles gut werden würde. In der heißen Sonne döste sie vor sich hin. In ihren Fingern kribbelte es, der Secco machte Arme und Beine schwer. Sophie spürte das Einschlafzucken, das sich einen kurzen Moment wie Fallen anfühlte, und sie schlief zufrieden ein.

Vom Klingeln an der Haustür und dem lauten Mama-Rufen der Kinder wachte Sophie auf. Einen Moment lang durchzuckte es sie. War etwas Schlimmes passiert? Nein, das waren ganz fröhliche Stimmen, die sie von ihren Kindern hörte. Leicht benommen stand sie auf, der kleine Secco hatte in der Sonne seine volle Wirkung entfaltet. Sie zupfte sich ihre schwarze Bikinihose zurecht, die beim Schlafen zwischen die Pobacken gerutscht war und machte die Tür auf.

„Claire ist da", krähte Jan und zog seine Tante an der Hand in die Küche, damit sie ihm ein Eis aus dem oberen Gefrierfach holte.

„Hey, Twohundredtwenty, was machst Du denn hier?", wollte Sophie wissen und drückte ihre kleine Schwester.

„Hey, Schwesterlein", grinste Claire, „Du riechst nach Alkohol! Was gibt's zu Feiern?"

„Ich habe gerade die Aliens aus dem Haus gejagt, das gibt's zu Feiern."

„Verstehe. Gibst du mir was ab?"

Sophie holte ein zweites Glas aus dem Schrank und öffnete einen weiteren Piccolo. Die Eiswürfel knackten, als der Sekt darüberlief und die Gläser beschlugen, was sehr verlockend aussah. Jan und Lea hüpften um ihre Tante herum, die meistens ein Überraschungsei für jeden von ihnen dabei hatte. In Anbetracht der sengenden Hitze hatte sie heute Cola-Schnüre und Esspapier dabei. Glücklich nahmen die Kinder die Süßigkeiten in Empfang.

Sie setzten sich nach draußen, nun allerdings vorsichtshalber in den Schatten – ein harmloses Glas mit Claire konnte gut in einem handfesten Saufgelage enden. Gut, dass Hannes bald nach Hause kommen und sich um die Kinder und das Essen kümmern würde. Das Essen! Auch wenn sie noch keinen Hunger hatten, mussten sie unbedingt für eine gute Grundlage sorgen. Am besten warf Hannes heute einfach ein paar fettige Schweinekotletts statt mageres Lamm auf den Grill.

„Bevor wir hier richtig loslegen, hole ich schnell meine Sachen", sagte Claire und nahm die beiden leeren Sektgläser mit in die Küche, um sie auf dem Rückweg erneut zu füllen.

„Was denn für Sachen? Du kriegst ein T-Shirt und eine frische Zahnbürste von mir, fertig ..."

Claire schaute sie verwundert an.

„Die Stereoanlage zum Beispiel. Ist bestimmt nicht gut, wenn die bei der Hitze lange im Auto bleibt. Mensch, Sophie, Du weißt doch, was passiert ist."

Sophie hatte was getrunken, auch noch in der Sonne. Darum erzählte Claire noch einmal, was sie ihrer großen Schwester bereits am Telefon erzählt hatte: Das Hochwasser im Juni hatte ihre Souterrainwohnung in Tuttlingen voll erwischt. Alle Möbel, Bodenbeläge und die Küche waren hinüber.

„Und dann bist Du bei Deinem Freund eingezogen. Das weiß ich doch alles längst", sagte Sophie ungeduldig.

„Ja, aber zu diesem Zeitpunkt war zwischen uns schon so gut wie Schluss. Er war so gnädig, mich erst einmal bei sich wohnen zu lassen. Und dann hat Mama hat mich doch letzte Woche angerufen und gesagt, dass ich herkommen soll, weil sie für zwei Wochen in den Urlaub fahren. Sie meinte, ich könnte oben bei ihnen wohnen, während sie nicht da sind."

Sophie ließ den Kopf sinken und fing an, ihn langsam, aber verzweifelt zu schütteln.

„Sorry, Twohundredtwenty, aber das geht nicht. Fahr wieder nach Tuttlingen, diese zwei Wochen musst Du noch mit ihm aushalten."

„Warum denn? Du freust Dich sonst immer, wenn ich bei Euch bin. Wir machen uns eine tolle Zeit, komm` schon!"

„Bitte Claire, nimm es mir nicht übel, aber ich war so glücklich, dass Mama und Papa weg sind und ich endlich mal wieder allein sein kann ..."

Es dämmerte Claire, dass das nur eins bedeuten konnte: Veronika und Gerd hatten ihren Besuch überhaupt nicht mit Sophie abgesprochen. Claire schüttelte den Kopf.

„Sophie, ich kann nicht zu ihm zurück. Es ist Schluss."

„Dann bring es wieder zum Laufen. Schnell, bevor es zu spät ist! Sonst mache ich eine Onehundredtwenty aus Dir, Schwesterlein!"

„Das kann ich nicht. Nach dem Telefonat mit Mama hat er einen Freudentanz aufgeführt und mir direkt den Wohnungsschlüssel abgeknöpft, den er seiner neuen Schnalle geben wollte. Mein Platz ist längst wieder besetzt. Ich kann erst im August in meine neue Wohnung. Mama sagte, ich kann die ganze Zeit bleiben, weil ihr ja danach auch vier Wochen weg seid."

„Das darf doch alles nicht wahr sein!" Sophie schlug mit dem Kopf gegen den Türrahmen und begann verzweifelt zu weinen.

„Lass das, was machst Du denn da?" Claire hielt Sophie fest.

„Scheiß auf Mama. Wie konnte sie Dich ungefragt einladen? Und wieso hast Du angenommen und mich nicht einmal gefragt? Das ist u*nser* Haus, verstehst Du?"

„Die haben euch echt nicht gefragt?" Claire konnte es nicht fassen.

„Nein, sie haben kein Wort gesagt. Claire, du weißt wie lieb ich Dich habe. Aber ich muss unbedingt mal für mich allein sein. Ich kann das alles nicht mehr aushalten...", flüsterte Sophie und fing unkontrolliert zu schluchzen an.

„Weißt Du was, ich finde schon irgendwas", Claire nahm ihren Autoschlüssel, „ich hatte ja keine Ahnung. Zur Not schlafe ich im Auto, es ist ja Sommer."

„Das kommt gar nicht in Frage. Sonst bin ich hinterher noch schuld, wenn Du auf der Straße abgestochen wirst."

Sie gingen ins Wohnzimmer, und Claire versuchte, eine andere Lösung zu finden: Sie rief ihren zukünftigen Vermieter an und fragte, ob sie sofort in die neue Wohnung ziehen könnte. Sie bot ihm sogar an, die notwendigen Renovierungsarbeiten selbst zu erledigen. Sophie saß während des Telefonats neben ihrer kleinen Schwester, presste die Hände zwischen die Oberschenkel und wippte vor- und zurück. Ihr Flehen wurde nicht erhört. Der Vormieter würde erst zum ersten Juli ausziehen, und danach waren schon Handwerker bestellt, die das Badezimmer renovieren und neue elektrische Leitungen legen würden – Sanierungsarbeiten, die Claire als Laie nicht selbst erledigen konnte.

„Weißt Du, was ich am Schlimmsten an der ganzen Sache finde? Dass ich mich gar nicht über Deinen Besuch freuen kann. Normalerweise würde ich Luftsprünge machen, so viel Zeit mit Dir zu verbringen. Nun bin ich so ausgelaugt, dass ich nur noch allein sein will."

„Die zwei Wochen bis zum Urlaub schaffst Du schon. Außerdem habe ich Dir viel zu erzählen", versuchte Claire ihre Schwester aufzuheitern und holte zwei weitere Piccolos aus dem Kühlschrank. Nun musste Sophie doch lächeln. Mit ihrer kleinen Schwester wurde es niemals langweilig. Ihren Spitznamen hatte sie jedenfalls nicht grundlos: Claire war gerade achtzehn Jahre alt geworden und besuchte eine Fahrschule in Gütersloh. Die erste Sonderstunde auf der Autobahn war fällig. Der Fahrlehrer bat sie, auf die B 61 nach Rheda-Wiedenbrück zu fahren und dann auf die A 2 in Richtung Bielefeld aufzufahren. Sie ließ einen schnelleren Autofahrer vorbei und fädelte dahinter mit dem Fahrschul-BMW vor einem LKW ein. Von der A 2 wechselte sie genauso gekonnt auf die A 33 in Richtung Paderborn. Die Strecke war so gut wie leer, und der Fahrlehrer forderte Claire auf, doch einmal so schnell zu fahren, wie sie sich traute – eine Aufforderung, die alle seine Fahrschüler zu hören bekamen, das wusste Sophie noch von ihren eigenen Fahrstunden und von all ihren Klassenkameraden, die bei ihm den Führerschein gemacht hatten. Claire drückte aufs Gaspedal. Sie fuhr zweihundertzwanzig Stundenkilometer. Als wäre es das Normalste von der Welt. Auf der Höhe von Sennelager bat der Fahrlehrer sie, schon mal langsamer zu werden, denn in Schloß Neuhaus sollte sie raus und über die B 64 wieder zurück nach Gütersloh fahren. Seither nannte der Fahrlehrer Claire Twohundredtwenty nach ihrer Höchstgeschwindigkeit, die noch niemand vor ihr je gefahren war – und schon gar nicht in seiner ersten Sonderstunde.

„Na, dann schieß mal los mit Deinen spannenden Neuigkeiten. Wobei unterstützt Papa Dich dieses Mal?"

„Hast Du schon Mal von Knallgas gehört? Das heißt eigentlich Wasserstoffgas, damit experimentiere ich gerade. Ich habe einen Gas-Generator gebaut, mit dem dem man sogar unverschweißbare Materialien zusammenschweißen kann. Und man kann damit ganz gewaltig Kraftstoff einsparen. Man kann Energie aus Wasser gewinnen!"

„Und davon konntest Du Papa überzeugen?"

„Ja. Die Idee ist eigentlich ein alter Hut. Du kennst doch das Buch Die geheimnisvolle Insel von Jules Verne. Er schreibt: *Wasser, aufgespalten in seine zwei einfachen Elemente, und zweifellos aufgespalten mit Elektroenergie, wird eine beeindruckende und leicht zu handhabende Kraft. Ja, meine Freunde, ich glaube, dass Wasser eines Tages als Brennstoff verwendet wird.* Das war 1875!"

„Das ist eine Fiktion, Claire. Verne war Schriftsteller, nicht Wissenschaftler."

„Mag sein. Wasserstoffgas ist trotzdem eine Zukunftstechnologie! Du wirst sehen, in zehn Jahren hat jede Werkstatt so ein Schweißgerät, und heizen kann man damit auch noch. Ich investiere lieber in vielversprechende nachhaltige Projekte, als mein Geld der Bank in den Rachen zu werfen. Ich weiß schließlich, wie die arbeiten."

„Du meinst Papas Geld." Sophie grinste nachsichtig.

„Du lachst! Aber jetzt pass´ mal auf, mein liebes, erzkonservatives Schwesterlein: Man braucht nur eine geniale Idee, und schon bald speist man in der Hautevolee."

„Dann kann es nicht mehr lange dauern, bis die Familien Köhler und Kowalski bei Deiner guten Kumpel in spe Brigitte Zypries nach Berlin eingeladen werden, oder?"

„Theoretisch ist das natürlich möglich, mal sehen, wie sich die Sache entwickelt", sagte Claire ernst.

„Also, erstens hätte ich überhaupt nichts anzuziehen. Außerdem wüsste ich gar nicht, wie man sich in solchen Kreisen richtig benimmt, von den Kindern und Hannes ganz zu schweigen." Sophie hatte mittlerweile zu viel Secco getankt und schüttelte bei der Vorstellung, wie sie alle mit der Bundesministerin für Wirtschaft und Energie zusammen beim Essen sitzen, vehement den Kopf. Claire und Brigitte nebeneinander, ihnen gegenüber Hannes und Sophie, die Kinder sitzen neben ihren Eltern. Das Essen wird aufgetragen, das unter der Gloche serviert wird. *Das* haben Lea und Jan noch nie erlebt. Bevor das Personal die silberne Gloche hochheben kann, hat Jan seine Patschefinger darauf und bestaunt sein verzerrtes Spiegelbild. Er liebt das, macht er zu Hause auch immer, wenn Sophie das Essen im silbern glänzenden Kochtopf auf den Tisch stellt. Lea schnappt sich als nächste die Gloche und setzt sie als Helm auf den Kopf.

„May the Force be with you!", ruft Lea in erstaunlich gutem Englisch und fuchtelt mit dem Messer herum, als wäre es ein Laserschwert. Brigitte und Claire kichern.

Während Jan mit dem Personal herumalbert, steht vor allen anderen bereits die Suppe. Lea liebt Suppe. Ohne auf die anderen am Tisch zu warten, nimmt sie, wie immer, schon mal den Löffel in die Hand, und zwar so, wie man einen Regenschirm halten würde und nicht wie eine Dame. Sie guckt in die Runde und beginnt zu schaufeln. Wie immer hängen dabei ein paar Haare von ihr im Essen, ganz egal, ob die Haare nun schulterlang oder nur kinnlang geschnitten sind. Es liegt vermutlich an einer Mischung aus ihrer Körpergröße und dem krummem Rücken beim Essen, bisher hat Sophie es nicht geschafft, ihr das abzugewöhnen. Der Hauptgang kommt, ein tolles Filetsteak mit Kräuterbutter und Gemüse als Beilage. Hannes kratzt schnell die Butter vom Filet, bevor sie schmilzt. Er mag Butter nicht so. Er isst das Filet und die French Fries, lässt das Gemüse übrig und fragt, ob sie tauschen können. Er will Sophies restliche Fries. Lea isst nur das Gemüse und gibt das Filet dem Hund, den sie heimlich unter dem Tisch streichelt. Mit den verschiedenen Schokoladenmousses als Nachtisch bekleckern sich dann alle drei, Hannes und die Kinder. Brigitte zuckt die Achseln und schaut Claire mit einem So-ist-das-in-der-Unterschicht-Blick mitleidig an.

„Wir können auf gar keinen Fall zu Frau Zypries zum Essen kommen", erklärte Sophie ihrer Schwester und stand mit dem leeren Glas in der Hand schwankend auf.

„Meine Güte, Deine Stirn ist ja glühend heiß. Leg Dich mal lieber ins Bett." Claire schob Sophie die Treppe hinauf ins Schlafzimmer, wo sie sich aufs Bett plumpsen ließ. Claire ließ die Jalousien herunter und holte einen kalten Waschlappen, den sie ihr auf die Stirn legte.

„So, jetzt schlaf' Dich aus, ich kümmere mich um die Kinder. Morgen bist Du wieder wie neu. Wir machen uns eine nette Zeit, alles ganz easy."

„Okay, danke Claire. Ich fühle mich wirklich fiebrig."

So einfach, wie die Schwester sich das Zusammenleben ausmalte, fand Sophie es nicht. Claire war von ihrem Wasserstoffgas-Projekt geradezu besessen und erzählte dementsprechend viel davon. Doch Sophie wollte sich einfach nur in völliger Stille draußen sonnen, ein wenig lesen oder bei der wahnsinnigen Hitze halbnackt auf dem kühlen Ledersofa liegen. Mit der quirligen Claire an ihrer Seite war diese ersehnte Ruhe unvorstellbar. Sophie könnte eigentlich genauso gut arbeiten und Geld verdienen, wo sie nun so unverhofft wieder einen Gratis-Babysitter hatte. Aber sie hatte keine Aufträge, weil sie sich die Zeit extra freigehalten hatte! Ihr war schon wieder zum Heulen zumute.

Als Schule und Kindergarten aus waren, fuhren die beiden Schwestern mit Lea und Jan wie geplant an den See. Claire liebte die beiden abgöttisch. Sie hätte selbst gern Kinder, aber das konnte noch dauern – sie hatte im Moment ja nicht einmal einen Freund.

Als Hannes am Abend nach Hause kam, ging die Geselligkeit weiter. Ausgerechnet jetzt dachte er gar nicht daran, sich mit Thomas in den Musikkeller zu verziehen. Es war Sommer, es war Grillzeit, und seine Lieblingsschwägerin war da. Das schrie geradezu nach einem langen Skat-Abend, und sie brauchten Sophie als dritten Mitspieler. Dieser Pflicht kam sie aber nur halbherzig nach. Sie schaute sich ihre Dreierrunde genauer an. Claire war braungebrannt und gut trainiert, man sah ihr an, dass sie viel Zeit für ihr gutes Aussehen verwendet. Sophie war von den Nachmittagen am See genauso braungebrannt, doch längst nicht so sportlich wie ihre Schwester. Sie wusste, dass man ihrem Gesicht die Anspannung der vergangenen Monate bereits ansah. Neulich hatte sie die erste Zornesfalte auf ihrer Stirn entdeckt, die auf dem besten Wege war, sich einzugraben. Hannes war im Vergleich zu den Frauen zwar blass, weil er den ganzen Tag in seinem Laden stand und kaum Sonnenlicht abbekam. Dafür sah er entspannt, fast erholt aus, und seine einzigen Falten waren Lachfalten um die Augen. Das lag bestimmt an der Freude an seinem Beruf sowie der Abwesenheit von Veronika und Gerd, die er den ganzen Tag im Geschäft genießen konnte.

Als Claire den Skat-Abend gewonnen hatte, Hannes zweiter geworden war und Sophie letzte, verabschiedete sie sich entnervt ins Bett. Unten hörte sie das Gläserklirren der beiden und kurz darauf, wie Hannes die E-Gitarre aufdrehte. Offensichtlich gelang es allen, glücklich zu sein. Nur ihr nicht. *Ich will hier raus*, das war ihr letzter Gedanke, bevor sie einschlief.

Sechzehn

Am nächsten Morgen schmierte Sophie Pausenbrote, brachte Jan in den Kindergarten und Lea in die Schule. Auf dem Rückweg blieb sie unschlüssig stehen und holte ihr Handy aus der Tasche. Sie klickte auf den Namen Oliver in ihrer Kontaktliste und starrte sein Foto an. Anstatt sich mit der Familie herumzuärgern, könnte sie ein völlig anderes Leben haben, wenn sie es wollte. Sie könnte aufhören, sich ständig alles gefallen zu lassen und einfach aus dem Alltag ausbrechen. Niemand hinderte sie daran, und niemand hielt sie fest.

Sie scrollte auf den Kontakt *Zu Hause*.

„Ach, Du bist es", trällerte sie fröhlich in den Hörer. Sie hatte beste Laune, wie meistens.

„Na klar bin ich es, wer denn sonst. Oder hast Du schon allen deine neue Nummer bei uns gegeben?"

„Sorry, ich wusste ja nicht, dass das ein Test ist."

„Ach, entschuldige bitte. Es geht mir nicht gut. Kannst Du heute die Kinder abholen? Ich will einfach mal allein sein."

„Alles klar, mache ich gern. Wann soll ich da sein?"

„Um vierzehn Uhr im Kindergarten, ich sage der Erzieherin Bescheid. Lea kommt nach der Schule rüber zum Kindergarten gelaufen. Du kannst beide dort einsammeln. Ich weiß aber nicht, wann ich wieder da bin. Ist das okay?"

„Natürlich ist das okay. Du weißt doch, ich kümmere mich so gern um die Kinder. Nimm´ Dir eine Auszeit so lange Du willst, ich kriege das schon hin mit den beiden."

Sophie legte auf. Smart lächelte Olivers Foto ihr entgegen. Sie klickte es an. Jetzt war nicht die Zeit, ihre Ehe zu retten, sondern ihre Seele.

„Sophie! Was verschafft mir die Ehre?", fragte Oliver sauer.

„Es tut mir leid, dass ich Deine Anrufe nicht angenommen habe."

„Was soll das? Was wir erlebt haben, war doch toll. Ich dachte, wir sehen uns wieder."

„Was wir da gemacht haben, war nicht richtig. Ich bin verheiratet."

„Das weiß ich, Sophie."

„Und das macht dir gar nichts aus?"

„Doch, klar. Wenn Du unverheiratet wärst, könnten wir uns richtig aufeinander einlassen. Weißt Du, ich will keine glückliche Ehe zerstören – aber Du wirkst auf mich nicht so, als sei Deine Ehe besonders glücklich."

Sophie wollte protestieren. Was fiel ihm ein? Aber natürlich steckte etwas Wahrheit in seiner Vermutung. Wenn sie mit Hannes glücklich war, was wollte sie dann von Oliver? Unschlüssig klappte sie den Mund auf und wieder zu.

„Mir macht es mir etwas aus, weil wir uns sonst treffen könnten, so oft wir wollen und ich hätte die letzten Wochen mit dir im Bett verbracht anstatt damit, mich nach Dir zu verzehren", presste Oliver hervor.

„Natürlich hätten wir das gemacht. Ich will das doch auch, also wenn ich nicht verheiratet wäre. Bitte glaub mir. Ich habe einen großen Fehler gemacht. Ach, ich weiß gar nicht mehr, was ich sagen soll", stotterte Sophie unsicher herum.

„Welchen Fehler meinst Du? Dass Du nicht ans Telefon gegangen bist?"

„Ich würde dich gerne sehen."

„Ist das ein Treffen im Büro oder auf dem Boot?"

„Auf dem Boot."

„Okay, ich bin gleich dort."

Sophie war noch vor Oliver am verabredeten Platz. Sie spazierte eine Weile am Ufer entlang und flitschte Steine ins Wasser. Dann ging sie zum Steg, zog die Schuhe aus und kletterte auf das Boot. Alles um sie herum war plötzlich so friedlich. Sie streckte sich auf dem kleinen Sonnendeck aus und schloss die Augen. Ein angenehmer Wind wehte, und das Boot schaukelte ganz sachte. Es war das erste Mal seit Monaten, dass sich ihr Leben nicht kompliziert anfühlte.

Als sie einen Schatten auf dem Gesicht spürte, blinzelte sie und sah Oliver über sich stehend, eine Papiertüte voll frischer Aprikosen in der Hand. Was war er doch für ein wunderschöner Anblick! Augenblicklich verzehrte sie sich nach ihm. Ihm ging es nicht anders. Er kniete sich hin, zog sie zu sich heran und sie begannen sich zu küssen, als wollten sie nie wieder aufhören. Er küsste ihren Hals, so dass sie sich stöhnend zurückbeugte. Dann knöpfte sie sein Hemd auf, küsste seine Brust und konnte sich gerade noch beherrschen, mit dem Mund weiter den Bauch hinunter zu wandern.

„Wollen wir ablegen?"

Sophie nickte mit trockenem Hals. Draußen auf dem See fielen sie übereinander her und liebten sich auf der Pritsche in der Kabine. Als sie fertig waren, sprangen sie ins Wasser, um sich abzukühlen. Das Wasser war nicht kalt genug, um ihre Leidenschaft zu unterdrücken. Bevor sie es wieder hoch ins Boot schafften, schlang Sophie ihre Beine um Oliver, und sie liebten sich im kalten Wasser an die Leiter geklammert noch einmal.

„Du bist ab Morgen zum Intensiv-Tauchkurs angemeldet, Sophie Kowalski, und zwar jeden Tag. Reiserücktritt ausgeschlossen."

„Warum das denn?"

„Ganz einfach, weil ich in den nächsten Tagen nichts anderes tun möchte, als mit dir zu vögeln."

Sie schloss die Augen, hielt mit den Beinen weiter sein Becken umklammert und ließ ihren Oberkörper auf dem Wasser treiben.

„In Ordnung", flüsterte sie Richtung Himmel. Sie war viel zu gefügig, um eine andere Antwort überhaupt in Betracht zu ziehen. Sie verzehrte sich schon wieder nach ihm.

Sie wärmten sich auf dem Sonnendeck auf und aßen die Aprikosen, Sophies Kopf auf Olivers Schoß. Als sie dann ihren Kopf zur Seite drehte und ihn in den Mund nahm, legte Oliver sein Handtuch als Sichtschutz über sie und schloss genüsslich die Augen.

Siebzehn

Auf der Rückfahrt vom Hafen nach Hause beschloss Sophie, ihr schlechtes Gewissen zu ignorieren. Es war schon leichter als beim ersten Mal. Sie war eine erwachsene Frau, verdammt noch mal, und ihr Körper gehörte ihr. Und ob verheiratet oder nicht, so völlig grundlos ging sie schließlich nicht fremd. Außerdem war fremdgehen heutzutage nun wirklich kein Beinbruch mehr. Wenn man den zahllosen Gerüchten in der Stadt glauben durfte, taten es sowieso fast alle. Als ihr die Selbstrechtfertigungen ausgingen, drehte sie das Radio an. Sie spielten ausgerechnet *November Rain* von Guns ´s Roses. Alle ihre Freundinnen hatten sich damals das Brautkleid gewünscht, das Stephanie Seymour in dem Musikvideo trug. Sophie war früher dahingeschmolzen, wenn Hannes dieses Lied sang. Das konnte sie sich nicht länger anhören. Sie war eine untreue Ehefrau, na und? So lief das nun mal. Noch vor wenigen Wochen hätte sie sich nicht vorstellen können, jemals so abgebrüht sein zu können. Doch sie war es. Sie wusste, dass die Affäre ein Fehler war, aber sie wollte es trotzdem. Sophie lenkte das Auto in die nächste Haltebucht und rief Jennifer an.

„Claire ist bei uns eingezogen, und jetzt bin ich kurz vor dem Nervenzusammenbruch. Ich habe mich wieder mit ihm getroffen."

„Holy shit! Und jetzt?"

„Ich weiß, ich sollte das lassen, aber ..."

„Dann lass es!"

„Ich kann es nicht. Es ist einfach unmöglich. Einen Mann wie ihn habe ich noch nie zuvor getroffen."

„Liebst Du ihn jetzt, oder was?"

„Um von Liebe zu sprechen, ist es zu früh. Ich denke, das trifft es nicht. Ich kann nicht von ihm ablassen. Wenn ich nur an ihn denke, kann ich es nicht erwarten, ihn zu sehen. Wenn ich ihn sehe, muss ich ihn anfassen, küssen, mit ihm schlafen, eben alles. Es ist so, als wären unsere Körper füreinander geschaffen."

„Bitte verschone mich mit den Details! Warum erzählst Du das nicht Deiner Schwester?", fragte Jenny.

„Claire? Bist Du verrückt? Sie und Hannes sind so eng miteinander befreundet, das würde sie völlig fertig machen."

„Dann hör auf, Dich von Deinen Hormone leiten zu lassen. Liebst Du Hannes denn nicht mehr?"

„Das hat mit Hannes überhaupt nichts zu tun. Mit ihm ist es ganz anders. So eine Leidenschaft hatten wir nie."

„Oh doch, ihr wart am Anfang sehr leidenschaftlich! Zumindest, wenn ich deinen Schilderungen von damals glauben darf!"

„Glaub mir, das ist überhaupt kein Vergleich zu Oliver."

„Soll ich mal raten, was passiert? Du wirst Hannes nicht verlassen, so lange Du ihn noch liebst. Nicht für Sex. Du wirst Oliver aber weiter treffen. Du hast ja selbst gesagt, dass Du nicht aufhören kannst. Irgendwann wird Hannes es herausfinden, und in diesem Moment wird es Dir richtig leid tun. Du bist eine Betrügerin, Sophie Kowalski. Finde Dich damit ab."

„Ich befürchte, Du hast recht. Weißt Du, was das Schlimmste daran ist? Hannes und ich haben früher immer gesagt, wenn unsere Beziehung den Bach runtergeht, sagen wir es einander. Wir waren uns bewusst, dass so etwas in jeder Beziehung passieren kann. Aber wir hatten uns versprochen, uns nicht zu betrügen, sondern dem anderen eine Chance zu lassen. Nun breche ich dieses Versprechen. Ich fühle mich deswegen schlechter als wegen des Fremdgehens."

„Das ist gut zu wissen. Dann hat mein lieber, armer Ex-Mann ja wahrscheinlich nicht so sehr gelitten wie Du. Wir hatten nämlich nie so eine Vereinbarung, bevor er mich betrogen hat!"

„Du weißt ganz genau, was ich meine. Jenny? Bleiben wir Freundinnen?"

„Natürlich. Es ist halt schwer, Dir dabei zuzusehen, wie Du sehenden Auges in Dein Unglück rennst. Ich muss zurück, sonst hat meine Kundin gleich keine Blondierung, sondern ein Ekzem. Viel Glück, Süße!"

Es fühlte sich kurz merkwürdig an, die Haustür aufzuschließen. Als wäre sie auf einem anderen Planeten gewesen. Doch es war okay, ließ sich aushalten. Man konnte sich tatsächlich an alles gewöhnen, auch ans Fremdgehen. Hannes war mit Sophies geplanten weiteren Tauchgängen einverstanden. Er gönnte ihr die Auszeit von Herzen, sie tue schließlich viel zu wenig für sich selbst – ganz im Gegensatz zu ihm, der Abende lang in seinem Proberaum verbrachte oder auf Konzerte fuhr, wenn er Lust dazu hatte. Dieses Verständnis entlockte Sophie ein müdes Lächeln. Ja, sie brauchte diese Auszeit. Und wie.

So verbrachte sie die kommenden Sommertage auf Olivers Boot. Sie überließ Claire die Kinder und kam erst spät nach Hause, so dass es kaum Gelegenheit gab, auf Hannes zu treffen. Schwester und Ehemann verbrachten die Abende mit vielen kühlen Bieren und hatten als dritten Skatmitspieler Thomas ins Boot geholt.

Wenn Sophie vormittags das Haus mit ihrer Strandtasche unter dem Arm verließ, hatte sie den Bikini schon drunter. Sie sonnte sich auf dem Deck von Olivers Boot, der mit ihr auf den See fuhr, sobald er in der Werft nach dem Rechten gesehen hatte. Dort fielen gerade nur kleine Reparaturarbeiten an, die seine Mitarbeiter ohne ihn erledigen konnten. So hatte er praktisch von morgens bis abends Zeit für Sophie. Es war herrlich, mit Oliver auf dem Boot zu sein. Sie legten ab, und ihr Alltag mit all seinen lästigen Menschen blieb am Ufer zurück, wurde immer kleiner und verschwand schließlich ganz. Sophie fühlte sich so unbeschwert wie schon lange nicht mehr. Die Sonne schien von einem strahlend blauen Himmel. Sophie hatte traumhaft guten Sex, keine Verpflichtungen, keine Auseinandersetzungen mit Kindern, Eltern oder Ehemann. Das Leben war leicht. Oliver war so leidenschaftlich. Wenn er sie küsste, versank alles um sie herum.

Zwei Wochen vergingen wie im Fluge, und als der letzte gemeinsame Tag vorbei war, waren beide traurig. Doch der Zelturlaub mit den Kindern stand bevor, und Sophie würde ihn nicht absagen. Ein letztes Mal küssten sie sich schweren Herzens, dann legten sie am Steg an. Schweigend vertäute Oliver das Boot. Er wollte Sophie umarmen, tat es dann aber doch nicht, als er ihren Gesichtsausdruck sah. Er wusste, dass er sie damit noch mehr quälen würde. Es war Zeit, sich zu verabschieden. Für Sophie war es besonders schwer, auf die Unbeschwertheit der vergangenen zwei Wochen zu verzichten. Aber sie hatte sich vorgenommen, ihrer Ehe eine letzte Chance zu geben. Das war sie Hannes und den Kindern schuldig, und das musste Oliver akzeptieren.

Es wurde schon dunkel, als Sophie nach Hause fuhr. Sie war traurig wegen des Abschieds, und nachdenklich wegen der Zeit, die vor ihr lag. Wenn sie diese Chance für ihre Ehe ernst meinte, durfte ab jetzt nur noch Hannes zählen; am Zeitpunkt der Abreise in den Urlaub war nichts mehr zu ändern. Es gab ab jetzt keine Möglichkeit mehr, Oliver zu treffen. Nach dem Urlaub würde sie eine Entscheidung treffen. Dann könnte sie immer noch ihr Familienleben gegen ein Leben mit Oliver eintauschen. Ob es mit ihm weiterhin so fröhlich, unbeschwert und leidenschaftlich sein würde?

So ein Leben hatte sie früher einmal gehabt. Mit Hannes, wie sie sich eingestehen musste. Das Gefühl damals war ganz ähnlich gewesen, es war himmlisch und sie waren unersättlich. Warum hatten sie das aufgegeben? Was war passiert? Für eine Zeitlang war dieser Zustand etwas gewichen, dass sie zuerst noch viel wundervoller gefunden hatten: Vertrauen und Liebe. Doch wo war das alles jetzt?

Vielleicht war ihre Affäre ja tatsächlich nur eine kurze Phase, und alles würde gut werden. Vorausgesetzt, Hannes würde ihr verzeihen, wenn er von ihren treulosen Ausflügen erfahren würde. Hannes, ihre große Liebe, der sie früher immer zum Lachen gebracht hatte, der ihr bei der Geburt der Kinder nicht von der Seite gewichen war. Und vorausgesetzt, Sophie würde sich nach dem Urlaub überhaupt gegen Oliver entscheiden. Sie hatte sich ihm zwei Wochen lang völlig hingegeben, das würde sie sicherlich nicht einfach vergessen. Ihr Verlangen nach Oliver war noch ungebrochen, und wahrscheinlich war zwischen ihnen sogar mehr als nur der Sex. Sie würde ihr Handy im Urlaub ausmachen. Oder noch besser, sie würde es gar nicht mitnehmen. Es war schlauer, wenn Oliver sie überhaupt nicht erreichen konnte. Und umgekehrt.

Sophie kam unbemerkt von den anderen ins Haus, duschte schnell und packte die Koffer für die Kinder, für Hannes und sich selbst. Dann rief sie nach ihm, damit er das Gepäck nach unten schleppte.

„Thomas ist noch da. Wir kommen hoch, ja?" rief er zurück.

„Na, Du armer Flüchtling", sagte Thomas und umarmte Sophie.

„Halb so wild, die Holländer gewähren uns Asyl", antwortete sie.

„Wie war das Tauchen?"

„Schön, aber auch anstrengend. Im Urlaub will ich jedenfalls nur normale Luft und kein Atemgas atmen."

Die beiden Männer begannen, die Reisetaschen ins Auto zu tragen, und holten das Zelt, zwei Isomatten und zwei Schlafsäcke aus dem Keller, damit sie am nächsten Morgen früh losfahren konnten. Der Kofferraum war schon voll. Die fehlenden Camping-Utensilien, die sie mit Kiki besorgen wollten, würden sie dann wohl in den Fußraum der Rücksitze stopfen müssen. Hannes ging noch einmal in den Keller und brachte drei kalte Biere mit. Oft ärgerte Sophie sich darüber, dass Thomas ständig zum Biertrinken vorbeikam oder Hannes die Abende lieber mit seinem Freund im Proberaum verbrachte, als zu Hause mit seiner Familie. Heute Abend aber war sie froh darüber. Wenn Thomas da war, würde Hannes ganz bestimmt nicht an ihr herumfummeln. Das würde sie nicht aushalten, sie glaubte noch immer Olivers Hände auf ihrem Körper zu spüren. Die drei setzten sich auf die Terrasse und genossen den Rest der lauen Sommernacht.

„Ein ganzer Monat ohne Familie Kowalski – ich werde Euch vermissen", meinte Thomas.

„Du hast ja den Schlüssel für den Proberaum, tob Dich aus, sooft Du willst", antwortete Hannes, „uns allen wird es guttun, mal rauszukommen."

„Ohne meinen Lieblingsgitarristen ist es nur halb so schön!" Thomas fasste sich theatralisch ans Herz. Dann nahm er Sophie zum Abschied in den Arm.

„Wir flüchten vor unserem eigenen Zuhause. Warum wollte ich nochmal, dass meine Eltern bei uns einziehen?", seufzte sie.

„Du hast Idealbilder im Kopf, die nicht so einfach umzusetzen sind", erklärte Thomas. Aus seinem Mund klang alles so einfach und logisch, dass es gleich viel weniger dramatisch erschien. Sophie konnte gut verstehen, warum Hannes gern mit ihm zusammen war.

„Man wünscht sich eine Oma, die gern immer da sein darf, aber es stört, dass sie so viel miterzieht."

„Das trifft es ziemlich genau. Vor allem erzieht sie nicht nur die Kinder, sondern auch mich – immer noch! Ich fühle mich einfach nicht wohl in meiner Haut, wenn sie da ist. Dabei hatte ich mir diese Nähe selber gewünscht", schniefte Sophie. Das Verhältnis zu ihren Eltern würde nie wieder wie vorher sein. Sie stand auf, holte den Männern ein letztes Bier und verabschiedete sich ins Bett. Sie wollte vor der Fahrt noch ein wenig allein sein und nachdenken. Nicht nur über ihre Eltern.

Achtzehn

Sie fuhren nach Holland. Von Friedrichshafen aus wäre der Weg nach Italien oder Frankreich kürzer gewesen, und man hätte eine Schönwetter-Garantie gehabt. Aber Hannes liebte die Nordsee, den Wind und die Wellen. Nachdem sie jahrelang in den Süden gefahren waren und Hannes sich dort schlechtgelaunt totgeschwitzt hatte, während die anderen die Hitze genossen hatten, war er mit Urlaubsziel auswählen dran.

Das größte Pfund für die Nordsee war allerdings, dass sie auf halbem Weg nach Norden bei Kiki und Ellen in Bielefeld übernachten würden, die versprachen, die letzte der vier Wochen mit ihnen gemeinsam in Holland zu verbringen. Sie machten darum einen Abstecher ins Westfalen, um ihre Freunde zu sehen und die restlichen Campingsachen zu organisieren. Für einen Campingurlaub mit Kindern brauchten sie doch mehr, als einen Dosenöffner und einen Korkenzieher wie zu Studentenzeiten.

Als sie die lange Fahrt hinter sich hatten, war das Wiedersehen wie immer laut und euphorisch. Wären Lea und Jan nicht schon kreischend die Treppen zu Kiki und Ellens Wohnung hochgerannt, Sophie wäre selbst nach oben gestürmt, um ihren Freundinnen um den Hals zu fallen. Jedes Mal, wenn sie sich sahen, wurde Sophie bewusst, wie sehr die beiden ihr gefehlt hatten. Ellen stand in der Wohnungstür und lachte über das ganze Gesicht, als die Kinder auf sie zustürmten, hob die zwei hoch, wirbelte sie im Kreis herum und ließ sich von nassen Küssen bedecken. Als Ellen Sophie und dann Hannes umarmte, hingen Lea und Jan jeder an einem Bein und ließen sich wie Äffchen in die Wohnung schleifen. Ellen hatte, wie sie es immer tat, Operationshauben, Mundschutz, Handschuhe und Spritzen aus dem Krankenhaus mitgebracht, so dass die Kinder sich bald als Ärzte verkleideten und ihre Kuscheltiere operierten. Dann kam auch Kiki von der Arbeit, und sie fielen ihr genauso um den Hals, wie kurz zuvor Ellen. Zum Abendessen bestellten sie Sushi, gebratene Nudeln und Suppen beim Lieferservice in der Stadt – auch das hatte bereits Tradition, denn mit Essen kochen wollten die vier sich nicht aufhalten. Dafür war die gemeinsame Zeit viel zu wertvoll.

Am nächsten Morgen fuhren Kiki und Sophie nach Dortmund in ein riesiges Sportgeschäft, um die fehlenden Campingsachen zu besorgen. Ein Verkäufer kam auf bunten Sneakern herbeigeeilt, bereit, Kiki jeden Wunsch von den Lippen abzulesen. Sie sah wieder mal fabelhaft aus. Ihre glatten Haare schmiegten sich wie ein Helm um ihren Kopf, ihre gebräunte Haut schimmerte golden, die langen Beine steckten in einer knappen Jeans-Hotpants und aus dem Ausschnitt ihres großen T-Shirts blitzen die Träger ihres Bikinis hervor.

Kiki scheuchte den Verkäufer weg, hakte Sophie unter und schlenderte zu den Gaskochern. Kritisch begutachtete sie das Teil, das aus einem kleinen Aufsatz und darunter der Kartusche bestanden, und eine steile Denkfalte bildete sich zwischen ihren perfekten Augenbrauen.

„Das willst Du kaufen? Wenn Ihr alle gleichzeitig Hunger habt, müsst Ihr nacheinander vier Dosen auf dem wackeligen Ding erhitzen. Das dauert ewig."

„Dann nehmen wir halt eine doppelte Herdplatte", meinte Sophie. Es wanderten Teller, Besteck und eine zusammenklappbare Tisch-Stühle-Garnitur aus Plastik für vier Personen in den Einkaufswagen. Kiki zeigte auf das kleine Warnschild auf dem Karton. *Bis maximal achtzig Kilo pro Sitz belastbar.* Also noch ein extra Camping-Stuhl für Hannes, der die achtzig-Kilo-Marke weit hinter sich gelassen hatte. Kiki bekam langsam einen Kaufrausch. Ein Heizlüfter, ein Campingkühlschrank, ein Doppel-Luftbett mit vollautomatischer Pumpe, zwei Schlafsäcke, zwei solarbetriebene Lampen, zwei Softshell-Jacken und zwei Regenjacken. Zum Schluss warf Kiki noch vier Paar Badelatschen in den Wagen. Sophie runzelte die Stirn.

„Absätze unter sechs Zentimeter sehen bei mir scheiße aus."

„Nur, damit Du nicht barfuß in den Waschraum musst, Du darfst sie hinterher sofort wegschmeißen!"

„Du musst es ja wissen."

Der Verkäufer half den beiden beim Sachen einpacken und warf Kiki schmachtende Blicke zu. Sie stopften ihre Einkäufe auf die Rückbank des Passats, da der Kofferraum mit ihrem Reisegepäck voll war.

„Wenn ich den ganzen Kram sehe, bin ich froh, dass wir in ein Ferienhaus gehen", meinte Kiki trocken.

„Ich gebe es zu, ich habe ein bisschen Angst", sagte Sophie und lachte, „aber auf diese Weise haben wir praktisch zwei Urlaube in einem: einmal Familienurlaub wie die Flodders, und einen kurzen Schickimicki-Urlaub mit Euch."

Für Lea und Jan war nun allerdings kein Platz mehr im Auto, darum fuhren sie zum Autohändler, um einen Jetbag fürs Autodach kaufen – die Sachen, die nun auf der Rückbank lagen, mussten ja irgendwo verstaut werden. Sophie war nicht mehr sicher, ob ihr Campingurlaub summa summarum immer noch günstiger als ein Hotelurlaub sein würde. Doch Hannes beruhigte sie. Er war felsenfest davon überzeugt, dass Camping billiger als jede andere Form des Urlaubs sein musste – spätestens im nächsten Jahr würde sich das ganze Zeug amortisieren. Im Grundsatz stimmte Sophie zu, es *musste* ja billiger sein, wenn man schon auf so viel Komfort verzichtete. Die Kowalskis drückten Kiki und Ellen zum Abschied und fuhren hupend davon.

„Bis in drei Wochen!", brüllten die Kinder aus dem Auto und winkten.

Neunzehn

„Nur zweiundzwanzig Euro pro Tag kostete der Zeltplatz auf dem Bauernhof, günstiger kann man zu viert echt keinen Urlaub machen", freute sich Hannes, als er die Gebühren bei der Gastwirtin in Aagtekerke bezahlt hatte.

„Ist ja auch nur ein Stück Rasen und irgendwo in der Hecke ein Stromanschluss", bemerkte Sophie. Das gesamte Inventar, das sie zum Überleben benötigten, hatten sie immerhin fast tausend Kilometer weit mitgeschleppt, und das musste jetzt aufgebaut und eingeräumt werden. Aber Sophie wollte sich nicht beschweren. Wer unbedingt vier Wochen Urlaub machen wollte, musste eben Kompromisse eingehen.

Der Zeltaufbau ging schnell. Sophie holte ein paar Grolsch für Hannes, und er baute routiniert das Außenzelt auf, wie er es schon zig mal im Garten gemacht hatte. Dann hängten sie das Innenzelt ein, befestigten es mit Heringen im Boden und gingen ans Ausräumen. Als der Kofferraum und der Jetbag endlich leer waren, war das Zelt voll. Nur noch in den beiden winzigen Schlafkabinen links und rechts des Mittelteils war noch ein wenig Platz für sie.

„Das Zelt ist mit den ganzen Sachen vielleicht doch etwas klein für uns alle", überlegte Hannes.

„Lass uns beten, dass es nicht regnet", meinte Sophie. Sonst müssten sie das Tisch-Stühle-Dingsbums, den Campingstuhl und die Kochplatten in den Innenraum holen und sämtlichen anderen Kram im Auto lagern. Sie dachte daran, wie wenig ordentlich es zu Hause in den Kinderzimmern normalerweise aussah und ermahnte ihre beiden Goldengelchen, dass man im Zelt immer absolute Ordnung halten musste.

Diese Ermahnung würde noch warten müssen; Lea und Jan hatten innerhalb von wenigen Minuten Freundschaft mit den anderen Kindern geschlossen. Das war für sie viel einfacher als in Italien oder Frankreich, wo sie sich nicht richtig verständigen konnten. Es gab ein großes, in den Boden eingelassenes Trampolin, auf dem sich sämtliche Minderjährigen des Zeltplatzes tummelten. Lea und Jan saßen einträchtig dabei, als würden sie die anderen schon seit Jahren kennen. Entspannung pur für die Eltern. Der Nachwuchs war hier besser beschäftigt als in jedem Robinson-Club.

„Habe ich´s nicht gesagt?", triumphierte Hannes. Sie stellten Campingstuhl und Klapptischgarnitur vor das Zelt, saßen versonnen schweigend nebeneinander und teilten sich ein Bier. Wie ein glückliches Ehepaar. Doch es war anders als sonst. Sophie plapperte nicht wie üblich drauflos. Einerseits aus Angst, sich zu verraten, obwohl Hannes gewiss nichts ahnte. Und andererseits war es, als müsste sie sich erst wieder an ihren eigenen Mann gewöhnen.

Derweil hatte Jan auf ihrem Bauernhof-Minicampingplatz seinen Spaß. Die Hofkatze spazierte mit steif hochgerecktem Schwanz und stolzem Gang vorbei, und der Knirps lachte sich völlig schlapp über die rosafarbene Rosette, die sie dabei allen präsentierte.

„Popoloch, Popoloch!" krähte er und schmiss sich auf den Boden vor Lachen. Damit steckte er alle andern Kinder an, die sich ebenfalls ausschütteten vor Lachen. So kam die Katze gleich an ihrem ersten Tag zu einem neuen Namen, mit dem die Kinder sie jedes mal riefen, wenn sie vorbei spazierte.

Die Kinder ins Bett zu bringen, war auf dem Zeltplatz denkbar einfach: Sophie und Hannes warteten einfach, bis es dunkel wurde und alle anderen Kinder ins Zelt gerufen wurden. Dann kamen Lea und Jan von allein angerannt. Schnell putzten sie ihnen die Zähne und zogen ihnen die Schlafanzüge an. Sie steckten ihre verschwitzten Kinder, hundemüde vom stundenlangen Trampolinspringen, Katzen streicheln und Spielen, in den Innenschlafsack, dann in den Außenschlafsack und zogen den Reißverschluss ihrer Kabine zu. Inzwischen angenehm angetrunken begannen auch sie, sich fertig für die Nacht zu machen. Mit Kosmetiktasche und Handtuch gingen sie zum zweiten Mal ins Waschhaus. Es war nun deutlich kälter geworden, und der Rasen war inzwischen nass vom Tau. Sophie beeilte sich, in den warmen Innenschlafsack und den noch wärmeren Außenschlafsack zu schlüpfen. Hannes küsste sie flüchtig und drehte sich dann weg. Die Stimmung zwischen ihnen war seltsam bedrückt. Sophie suchte nach den richtigen Worten, mit denen sie das Gespräch anfangen konnte. Sie musste ja nicht ihr Fremdgehen gestehen, aber wenn ihre Ehe eine Chance haben sollte, mussten sie dringend miteinander reden. Da begann Hannes, leise zu schnarchen. Sie war enttäuscht darüber, weil sie automatisch vermutet hatte, dass er genauso vor sich hin grübelte wie sie. Sophie lauschte den letzten Geräuschen des Campingplatzes.

„Mami, ich muss noch mal", flüsterte Lea von der Schlafkabine gegenüber.

„Och nee. Kannst Du nicht einhalten?", rief Sophie leise hinüber.

„Bis morgen früh? Nein!"

Hannes machte leider keine Anstalten, aufzuwachen. Sophie seufzte. Außenschlafsack auf, sssssst, Innenschlafsack auf, sssssst, Kabinenreißverschluss auf, sssssst, Kabinenreißverschluss der Kinder auf, sssssst, Außenzelt auf, sssssst, und den langen Weg ins Waschhaus gerannt. Dann bemerkte sie das Gruselkabinett in den Toiletten. Schauer jagten über ihren Rücken, und das lag nicht an der Temperatur, die jetzt nur noch bei ungefähr fünfzehn Grad lag. In den Türrahmen, links und rechts oben, hatten sich Spinnen ein Netz gebaut und warteten darin auf ihre Beute. Das war ja klar, wenn man auch im Dunkeln das Licht anlässt, ärgerte sich Sophie. Die Fenster von allen Toiletten waren ebenfalls offen, und auch hier war alles voller Netze samt ihrer Besitzer. Die Viecher saßen nicht nur in den Tür- und Fensterrahmen, sondern auch in den Toilettentüren und Ecken. Lea erledigte ihr Geschäft so schnell sie konnte und sie flitzten über den nassen Rasen zurück ins Zelt. Sophie verpackte Lea wieder in die Schlafsäcke, sssssst, machte die Kabine zu, sssssst, die Elternkabine zu, sssssst, ihre eigenen beiden Schlafsäcke zu, sssssst, sssssst. Das Reißverschlussgeräusch machte sie jetzt schon wahnsinnig, dabei war es der erste Tag von einundzwanzig. Musste immer alles nervig sein? Konnte in diesem verdammten Jahr nicht einmal etwas so laufen, wie sie es sich wünschte? Sie schlief bald ein.

In der Nacht wurde Sophie wach. Auf dem Campingplatz war es dunkel und fast ganz still, man hörte aus den Nachbarzelten nur einige Schnarcher. Sophie musste eigentlich zur Toilette, aber sie beschloss, einzuhalten und weiter zu schlafen. Alles, bloß nicht raus in die Kälte und zu den Spinnen! Sie drehte sich auf die Seite, um das Gewicht ihrer vollen Blase auf die Seite zu verlagern. Es half ein wenig, aber Sophie musste immer noch und konnte nicht wieder einschlafen. Wie spät es wohl war? Vielleicht konnte sie einfach wach bleiben bis es Morgen war? Das konnte ja nicht mehr so lange sein. Wo war denn bloß ihre Uhr? Bestimmt im Mittelzelt, unerreichbar, wenn sie sich nicht aus den Schlafsäcken pellen wollte. Irgendwann gab sie auf, öffnete Reißverschlüsse, latschte einen halben Kilometer durchs nasse Gras, duckte sich durch die Spinnweben und setzte ihren warmen Po auf die kalte Klobrille. Deutlich ausgekühlt und viel zu wach kroch sie zurück in den Schlafsack. Während sie langsam wieder warm wurde, dachte sie an Oliver. Seine warmen Lippen, seinen schönen Körper. Würde sie ihn niemals wieder sehen oder schon wieder in vier Wochen? Würde sie Hannes je wieder so begehren können, wie sie sich nach Oliver sehnte? Wäre sie auf seinem Boot glücklicher? Sie vermutete ja. Wäre sie glücklicher, wenn anstatt Hannes jetzt Oliver auf der Isomatte neben ihr schlafen würde? Sie vermutete nein. Ganz sicher war sie sich aber nicht.

Dann schlief sie ein.

Am nächsten Morgen rieselte Regen auf das Zelt. Sophie war ziemlich gerädert von der Nacht. Am liebsten würde sie den ganzen Tag liegen bleiben und lesen, aber mit kleinen Kindern ging das nicht. Hannes erklärte sich bereit, das Frühstück zu machen und stand auf. Er schob alle Taschen an die äußersten Zelträndern, holte den Klapptisch herein, wischte ihn trocken und deckte in der Enge des Zelts den Tisch.

„So eine verdammte Sch... Das darf doch nicht wahr sein! Sophie, komm mal schnell!", fluchte Hannes.

„Was ist denn los?" Sophie schob den Stoff zum Mittelteil zur Seite und Hannes deutete auf die Decke. Das Zelt war nicht mehr dicht. Es tropfte durch den Stoff auf ihre Reisetaschen, den Boden und den Tisch. Sophie pellte sich fluchend aus dem Schlafsack und zog sich an. Ihr Zeltnachbar nannte ihnen ein Campingfachgeschäft ein paar Orte weiter, und sie machten sich auf den Weg. Wenigstens konnten sie die Kinder getrost auf dem Campingplatz allein lassen. Ihnen machte der Regen überhaupt nichts aus. Sie steckten Lea und Jan in ihre Matschhosen und Regenjacken und ließen sie mit den anderen Kindern draußen spielen, die das Wetter genauso wenig störte.

Im Campinggeschäft entdeckte Sophie eine große Überdachung, wie man sie für Bierzeltgarnituren verwendete, drei mal sechs Meter lang.

„Wir nehmen das Teil und stellen es einfach über unser Zelt", schlug sie vor.

„Das würde wohl ziemlich bescheuert aussehen", wendete Hannes ein.

„Aber wir könnten das Ding wenigstens zu Hause weiterverwenden, und es wäre sofort Schluss mit dem Durchregnen."

„Lass uns einfach ein neues Zelt zu kaufen. Unseres ist doch sowieso zu klein", meinte Hannes. Innerhalb weniger Stunden wäre alles aufgebaut und umgeräumt.

„Guck Dir mal die Preise an, für das Geld können wir uns besser eine Ferienwohnung nehmen. Da wäre es auch trocken", schnaubte Sophie.

„Aber das Geld wäre gut investiert, oder willst Du nächstes Jahr noch mal mit dem kleinen Zelt losfahren?"

„Ganz ehrlich, ich habe jetzt schon die Nase voll. Das war definitiv mein letzter Campingurlaub, ich bin zu alt dafür, Hannes."

„Oder zu bequem und unflexibel."

„Von mir aus auch das. Meinetwegen brauchst Du jedenfalls kein neues Zelt kaufen!" Die Aussicht auf noch mehr Campingurlaube fand sie schrecklich. Ein Streit war das letzte, was Sophie jetzt wollte, aber sie waren schon mittendrin.

„Du bist ständig am meckern, man kann dir nichts recht machen. Kannst Du überhaupt noch Lachen?"

„Ich wüsste nicht worüber! Es ist alles total scheiße!" Sophie kämpfte mit der Beherrschung. Jetzt bloß nicht heulen.

„Gerade dann musst Du lachen. Die Situation kannst Du sowieso nicht ändern, aber mit Humor ist doch alles nicht mehr so schlimm."

„Du bist ein großes Kind, weißt Du das? Werd endlich mal erwachsen, nimm die Sachen ernst."

„Es reicht doch, wenn einer von uns das tut, Fräulein Rottenmeier."

Schlußendlich kauften sie ein Imprägnierspray und einen Nahtversiegler für ihr undichtes Zelt.

„Auf Dauer wird das nicht halten", erklärte der Verkäufer an der Kasse mit holländischem Akzent.

„Das muss es auch nicht, wir zelten gerade zum letzten Mal", zischte Sophie. Dann würde das Zelt für immer eingepackt. Oder sie ließen es am besten einfach stehen und schenkten es den nächsten Campern. Studenten vielleicht, für die Zelten noch ein großes Abenteuer war. Der Verkäufer zog eine Augenbraue hoch.

„Macht Dir Camping keine Spaß?" fragte er.

„Nein, macht nass!", ätzte Sophie.

„Gute Equipment ist gaanz wichtig. Dann machen ein paar Daage Regen auch nichts."

Doch Sophie hatte sich genug umgesehen und war zu dem Schluss gekommen, dass Menschen wie sie, die mit Hingabe *Schöner Wohnen* lasen, hier nicht glücklich werden konnten.

Schweigend und mit frostiger Stimmung bogen sie auf den Parkplatz des Minicampingplatzes ein. Sophie war erleichtert, als sie die Kinder wohlbehalten auf dem Trampolin vorfand. Sie waren länger als geplant weg gewesen. Das Imprägnierspray durfte man schon aufsprühen, während es noch regnete, und Hannes machte sich sofort an die Arbeit. Nass krabbelten Lea, Jan und Sophie ins Mittelzelt, wo die Tisch-Stuhl-Kombination so viel Platz brauchte, dass man sich kaum drehen und wenden konnte. Sie pellte die Kinder aus ihren Regenjacken und Matschhosen und warf alles in eine Ecke. Auf der Luftmatraze liegend zog Sophie ihre durchnässten Jeans aus und zwängte sich in in eine frische, mittlerweile ebenfalls klamme Hose. Alles war nass und kalt. Die Atmosphäre zwischen Hannes und ihr war frostig. Scheißurlaub.

Sie hörten Hannes auf der anderen Seite des Stoffs arbeiten. Unermüdlich sprühte er das ganze Zelt mit dem viel zu winzigen Pumpzerstäuber ein. Sophie kippte vier Dosen Hühnernudelsuppe in den großen Topf und schaltete die Herdplatte und den Heizlüfter auf höchste Stufe. Wenn doch bloß zwischen Hannes und ihr alles wieder gut wäre. Sie fühlte sich elend, sie hatte ein ganz flaues Gefühl im Bauch und wünschte sich, dass Hannes kam und sie in den Arm nahm. Wenigstens daran hatte sich nichts geändert. So war es immer gewesen, wenn sie gestritten hatten. Sie litt, konnte aber keinen Schritt auf ihn zugehen, und Hannes ließ sie zappeln.

Suppe löffelnd spielte sie mit Lea und Jan Kniffel. Sie kniffelten und tranken Suppe, bis ihre Bäuche voll und heiß waren, und immerhin leistete der Heizlüfter gute Arbeit. Unvermittelt hörte es drinnen auf, zu tropfen.

„Ist der Regen vorbei, Papa?", rief Lea. Hannes zog den Reißverschluss auf und steckte den Kopf herein.

„Nein, es regnet immer noch. Ist es jetzt dicht?"

„Ja, ja", krähten die Kinder. Hannes zwängte sich herein, zog den Reißverschluss hinter sich zu und warf seine nassen Kleider auf den Haufen.

„Lass uns wieder vertragen", sagte er leise in Sophies Ohr und schlang von hinten die Arme um sie. Sie griff nach seinen Händen auf ihrem Bauch und drückte sie erleichtert. Ja, es war wie immer. Streit mit ihm konnte sie nicht aushalten, und wenn sie sich vertrugen, war die Welt augenblicklich wieder in Ordnung. Zumindest für diesen Moment.

So trocken es im Zelt auch war, nach dem Abendessen mussten sie raus aus ihrer gemütlichen Höhle und durch den Regen laufen. Das dreckige Geschirr musste abgespült werden, sie brauchten Brötchen für das Abendessen, Biernachschub und eine Dusche. Hannes nahm Jan mit zum Einkaufen. Sophie trug mit Lea die Plastikwanne mit dem Geschirr zu den Spülbecken, wo sie sich bei den anderen spülenden Campern einreihten. Dann gingen sie nebenan ins Waschhaus für „Meisjes" und putzten sich an einem der vielen Waschbecken zusammen mit einigen anderen Frauen und Kindern die Zähne. Lea fand das herrlich, viel geselliger als zu Hause. Sophie fand es scheußlich. Sie freute sich auf eine Dusche, immerhin konnte man die Kabinen abschließen, und schickte Lea nach einer Katzenwäsche am Waschbecken zum Zelt.

Sophie fand es nicht schön, sich eine Dusche mit fremden Menschen zu teilen, ohne dass vorher jemand sauber gemacht hatte. Eine Gummiflitsche lehnte an der Wand, die offenbar nicht benutzt worden war. Auf dem Wannenboden stand noch das Wasser von Sophies Vorduscherin, und ein paar lange, dunkle Haar schwammen darin. Sie flitschte alles weg und machte einen beherzten Schritt auf die kalten Kacheln.

In den Ecken saßen ein paar dünnbeinige Spinnen, auch das noch. Sie hätte die Viecher gern mit der Brause aus den Ecken gespritzt und in den Abfluss gespült, aber die Brause war weit oben fest an der Wand installiert. Es gab einen einzigen Knopf, um das Wasser anzustellen, und keinen Temperaturregler. Sophie drückte beherzt drauf. Das Wasser war glücklicherweise warm, spritzte aber in alle Richtungen der Duschkabine. Wie konnte man nur so eine bescheuerte Dusche konzipieren? Sie positionierte sich an der Stelle, wo am meisten Wasser herunterkam, da hörte es auch schon auf zu tröpfeln. Ein Dreißig-Sekunden-Intervall in den Frauenduschen! Das war mehr als dämlich. Sophie widerstand dem Impuls, sich ihr Handtuch umzuwickeln, am Haupthaus zu klingeln und Einlass in die Privatduschen der Bauern zu erzwingen. Es dauerte ewig, bis die Haare richtig nass waren – sogar der Regen am Vormittag hatte da wesentlich schnellere Arbeit geleistet – das Shampoo wieder komplett herauszuwaschen, stellte sich als fast unmöglich heraus. Als sie es endlich geschafft hatte, begann die angenehme Wassertemperatur langsam zu sinken. Jetzt hieß es, sich das warme Wasser gut einzuteilen. Beine rasieren oder Conditioner, das war nun eine entweder-oder-Frage.

Sie schmierte das erste Bein mit Rasierschaum ein, rasierte die ersten Züge und drückte erst dann den Knopf, um Warmwasser zu sparen. Auf Zehenspitzen hielt Sophie den Rasierer zum Abzuspülen so nah wie möglich unter die Brause. Währenddessen sprühte das Wasser einen Teil des Rasierschaums von ihrem unrasierten Bein weg und einen anderen von der Klinge in ihre Haare. Es war zum Verzweifeln! Sie frage sich, wie sie Jan hier die Haare waschen sollte, der schon zu Hause wie am Spieß brüllte, wenn Wasser und Shampoo über sein Gesicht liefen. Vielleicht würde sie die Kinder einseifen, bevor sie morgen an den Strand fuhren, und die Wellen den Rest erledigen lassen.

Als Sophie am Zelt ankam, war Hannes längst da und hatte den Tisch gedeckt.

„Wir haben uns überlegt, dass wir gleich einmal alle Spiele durchspielen, die wir dabei haben. Hast Du Lust?", fragte er. Und wie sie Lust hatte. Zuhause war

Hannes ein Spielemuffel, wenn er abends überhaupt da war, bevor die Kinder im Bett waren. Dankbar lächelte sie ihn an.

„Das finde ich echt nett von Dir. Aber glaub nicht, dass wir Dich gewinnen lassen!"

In der Nacht musste Sophie wieder auf die Toilette. Als sie jünger war, hatte sie die Nächte ohne Pinkelpause durchgeschlafen, aber inzwischen musste sie jede Nacht raus. Bisher hatte sie das nicht gestört, doch beim Zelten konnte das zu einem echten Problem werden. Sie ging ins Mittelzelt, schnappte sich einen Sandeimer der Kinder und setzte sich darauf. Alles war besser, als in die Spinnenhölle zu gehen. Es plätscherte laut, als der Strahl den Eimerboden traf. Sophie hoffte darauf, dass ihre Zeltnachbarn schliefen oder wenigstens das Geräusch nicht orten konnten, und stellte den Eimer an die hintere Zeltwand. Morgen würde sie ihn unbemerkt ein paar Meter entfernt in die Büsche leeren.

Sophie kroch in den Schlafsack zurück. Gute Idee mit dem Sandeimer, dachte sie. Es geht schneller und man kühlt viel weniger aus. Die Schafe auf der angrenzenden Weide begannen zu blöken. Erst nur wenige, dann immer mehr. Warum taten die das nur? Warum waren die überhaupt wach, mitten in der Nacht? Das taten sie tagsüber, wenn sie wach waren, doch auch nicht. An Schlaf war jetzt überhaupt nicht mehr zu denken. Bestimmt schlich da jemand herum! Ein Einbrecher womöglich, denn in ein Zelt einzubrechen, war ja nicht schwer. Oder so ein verrückter Tieraufschlitzer. Davon wurde immer wieder in der

Zeitung berichtet. Erst als es langsam dämmerte, schlief Sophie ein.

Sie wurde von Plastikgeschirr-Geklapper geweckt. Frühstücksgeräusche. Schnell pellte sie sich aus dem Schlafsack und krabbelte aus dem Zelt. Es war unerträglich heiß hier drin, also musste die Sonne scheinen. Und so war es auch: Hannes, Lea und Jan hatten den Campingtisch wieder nach draußen gestellt und Brötchen geholt. Schnell schlüpfte Sophie in ein Sommerkleid und lief in den Waschraum. Sie putze sich neben einer großbusigen, mit einem fleischfarbenen Büstenhalter bekleideten Frau die Zähne. Sophie schaute sich im Waschraum um. Die Putzkolonne hatte schon ihren Dienst beendet.

„Gottseidank, die Spinnen sind weg!", brabbelte sie erleichtert mit Zahnpasta im Mund. Die Großbusige freute sich über den Smalltalk, und sie kannte sich offenbar aus: Die Spinnen flüchteten gar nicht vor der Kälte ins Warme, sondern vor der Nässe ins Trockene. Das musste man erstmal wissen! Aber es war logisch: Warum wohl sonst kamen die Viecher auch im Sommer zu Hause durchs Kellerfenster, wenn es draußen viel wärmer war als drinnen? Eines stand fest: Sie würde nachts definitiv bei ihrem Sandeimer bleiben.

"Ihr glaubt nicht, was ich gerade gehört habe!", rief Sophie und erzählte ihrer frühstückenden Familie die neu gewonnene Erkenntnis über Spinnen, Toilettenhäuschen und über die Horrorduschen.

„Spinnen, das hundertfache Geräusch von Reißverschlüssen, tröpfelnde Duschen – wir sind hier versehentlich in Guantanomo gelandet. Und Dein Sandeimer, Jan, gehört jetzt mir!" Sophie fuchtelte wild mit den Armen herum, während sie die Geschichte ausschmückte. Hannes grinste. Die Stimmung war ausgelassen, der Tag versprach richtig gut zu werden.

„Es geschehen noch Wunder, meine alte Sophie ist wieder da, mein lustiges Lästermaul! Zynisch und kindisch." Er zog sie lachend zu sich auf den Schoß, umarmte sie und knabberte an ihrem braungebrannten Arm. Sie neckte Hannes zurück, machte sich los und flocht ihm einen Zopf in seine langen Haare. Er klimperte kokett mit den Wimpern. Lea und Jan kicherten.

„Jetzt noch Lippenstift, Papa!", forderte Lea.

„Lieber nicht, sonst kassieren sie ihn noch ein und lassen ihn in Amsterdam im Varieté auftreten."

Was für ein Ort zum Frühstücken! Es gab mehr zu sehen als am Hafen von St.Tropez, ästhetisch allerdings diametral entgegengesetzt. Alle Facetten der morgendlichen Campingmode flanierten vorbei: Bademäntel, Boxershorts und Feinrippunterhemden, Jogginganzüge aus Sweatshirtstoff und Jogginganzüge aus Fliegerseide. Es war wie bei einem Unfall: Sophie wollte nicht hinschauen, konnte aber auch nicht wegschauen.

Ein Mann, der es sich eigentlich nicht erlauben konnte, kam ohne T-Shirt und mit Camouflage-Hose an ihrer Zeltparzelle vorbeigestapft. Hatte er vor, sich gleich unter den Armen zu waschen, oder warum war er oben ohne?

Sophie grinste. Sie selbst boten wohl einen ebenso skurillen Anblick, wie sie an ihrem Plastiktisch saßen, von Plastikgeschirr aßen und dabei lächelten wie Rockefeller im Luxushotel. Beim Campen tat man für sein Äußeres eben nur das Nötigste, näher konnte man dem Höhlenmenschen in der heutigen Zivilisation wohl kaum kommen. Sophie fand es fürchterlich, aber sie war gerade überglücklich.

Nach dem Frühstück konnten die Kinder es gar nicht abwarten, das Meer zu sehen. Als sie am Strand ankamen war gerade Ebbe, das perfekte Matschareal für Kinder. Hannes kaufte aus hygienischen Gründen einen zweiten Eimer und eine große Schaufel, damit die Kinder besser buddeln konnten. Sie gruben Kanäle, leiteten das zurückfließende Wasser um und fingen Krabben, die sie in dem mit Meerwasser gefüllten Eimer sammelten. Sophie bohrte ihre Zehen in den warmen Sand, und Jan kam mit seinem Krabbeneimer angerannt. Zehn oder fünfzehn winzige graue Krabben hatte er gefangen, darauf war er stolz wie nur was. Er hatte Sophie schon oft Krustentiere essen sehen und auch selbst schon probiert. Nun überlegte er sich, wie sie die Tiere später als Mahlzeit zubereiten könnten. Sophie versprach ihm, die Krabben mitzunehmen und abzukochen, wenn sie mehr als hundert finden würden. Ansonsten wäre es keine richtige Mahlzeit, und er müsste sie wieder frei lassen. Als er etwa zwanzig Stück zusammen hatte, kam langsam die Flut und mit ihr tolle, hohe Wellen. Die Kinder konnten gar nicht genug davon bekommen. Jan brachte den Krabbeneimer voll mit Meerwasser zum Handtuch, jauchzte und sprang immer wieder den Wellen entgegen. Lea übte Skimboarden, und Hannes hielt seinen blassen Bierbauch in die Sonne, der sicher nicht so bald schrumpfen würde; er hatte schon wieder ein Grolsch in der Hand.

Sophie lief von den Kindern unbemerkt in den Ort und holte ein Pfund ungekochte Krabben mit Kopf und Schale, füllte sie in Jans Eimer um und entsorgte die Plastiktüte. Hannes grinste und zwinkerte Sophie zu. Jan bemerkte gar nicht, dass die Viecher nicht mehr krabbelten – er war ja erst fünf Jahre alt.

Beim Krabbenpulen am Zelt hatten die vier Spaß wie schon lange nicht mehr. Jan erzählt unaufgefordert jedem, der vorbeikam, dass er die Krabben zusammen mit seiner Mami selbst gefangen hatte, während Hannes und Sophie mit Pulen und dem Leeren der zweiten Flasche Weißwein beschäftigt waren. Die anderen Camper glaubten tatsächlich jedes Wort und wollten von den Eltern wissen, wo und wie sie die Krabben gefangen hatten.

„Sie müssen nur bei Ebbe an den dicken Holzpflöcken graben, die runter zum Wasser verlaufen. Und zwar auf der Seeseite, wo das abfließende Wasser keine starke Strömung bildet. Die Krabben sitzen ganz nahe am Holz, dicht unter dem Sand. Am besten lassen Sie sie von der Hand in den Eimer springen, indem Sie das Schwanzende antippen", log Hannes. Sophie nippte an ihrem Weißwein und blickte konzentriert auf ihre Hände, um nicht laut loszuprusten.

„Das ist ja toll, das machen wir morgen auch."

„Viel Glück!" Hannes nickte ihnen freundlich zu, während Sophie in sich hineingluckste.

Das Abendessen war ein absolutes Highlight. Jan wurde nicht überdrüssig zu wiederholen, dass er das Abendessen eigenhändig besorgt hatte. Lea stieß Sophie unter dem Tisch an und grinste verschwörerisch, um ihrer Mutter zu bedeuten, dass sie die Finte durchschaut hatte. Fröhlich zogen sie ihr Baguette durch die Knoblauchsauce. Sie konnten es also doch noch, unbeschwert sein. Und so vergingen die Urlaubstage.

Am letzten Tag versuchte Sophie zu verbergen, dass sie sich doch sehr über die Abreise vom Campingplatz und die Ankunft im Ferienhaus freute. Sie wusste nun ganz sicher, dass sie Zelten hasste, aber der Urlaub war eigentlich doch ganz schön gewesen. Sie wollte die zerbrechliche Harmonie zwischen ihr und Hannes aufrecht erhalten, so dass sie lieber nicht in hektisches Packen verfiel. In Wirklichkeit konnte sie es aber kaum abwarten, den Pinkeleimer zu entsorgen, den Dreck von der Zeltplane zu schütteln und die klamm gewordenen Klamotten einzupacken. Sophie deckte in demonstrativer Seelenruhe den Frühstückstisch, holte sogar Wasser und setzte den Topf für Kaffee auf, obwohl man die Kochplatten erst eine halbe Stunde abkühlen lassen musste, bevor man sie einpackte. Hannes hatte sich nicht ein einziges Mal über die widrigen Umstände auf dem Zeltplatz beschwert. Seltsamerweise schien er, es selbst eilig zu haben. Sophie wollte ihn gerade fragen, ob er doch genug vom Zelten hatte oder sich nur auf Kiki und Ellen freute. Da kamen ihre Zeltnachbarn vorbei, um sich zu verabschieden. Sie wollten den Tag am Strand verbringen und die Kowalskis würden schon weg sein, wenn sie wiederkämen.

„Wir sehen uns in den nächsten Sommerferien, oder?", fragte der Alte und klatschte Hannes auf den Rücken. Warum bloß mussten Männer sich ständig auf den Rücken klopfen?

„Eher nicht, im nächsten Urlaub wünschen wir uns Wände, Schränke und Sanitäreinrichtungen", witzelte Sophie. Der Witz verpuffte bei den beiden Vollblutcampern.

„Wenn man richtig campen geht, vermisst man nichts, was ein Hotel bieten könnte", erklärte der Alte ernst, dessen Namen sie nicht kannten, „kommt mal mit, ich zeige es euch."

„Na, das kann ja lustig werden", flüsterte Sophie Hannes ins Ohr und verdrehte die Augen.

„Ist doch total nett von denen", flüsterte Hannes zurück.

„Ja, voll! Ich bin ja so gespannt!"

Voller Stolz führten die beiden sie in ihrem Zelt herum – man konnte aufrecht darin herumgehen! Die Decke war sicherlich zwei Meter hoch, und von dem Mittelzelt gingen drei Kabinen ab, anstatt wie bei ihnen nur zwei. In der Mitte konnte man problemlos einen Tisch hinstellen; doch sie nutzten diesen Platz für faltbare Schränke, in denen Geschirr, Kleidung und Schuhe sauber untergebracht waren. Dort, wo bei den Kowalskis das Zelt aufhörte und der Rasen anfing, schloss sich ein vier Meter langes Vorzelt an. Dort standen Tisch und Stühle. Der Boden war picobello sauber und auch noch mit Teppich ausgelegt. Auslegeware in exakt der Größe des Zeltbodens! Sophie konnte es nicht fassen. Sie wunderte sich, warum der ganze Regen nicht alles aufgeweicht hatte, da erklärte der Nachbar den Grund.

„Hier, Holzplatten für den Boden. Kann man bei der Wirtin ausleihen. Das Gleiche benutzen die Wohnwagencamper für ihre Vorzelte." Er stampfte zur Demonstration mit dem Fuß auf den Boden. Kostete nur zehn Euro pro Woche extra.

„So könnten Sie ja praktisch das ganze Jahr über zelten!", rief Sophie.

„So ist es. Wir sind völlig wetterunabhängig!"

„Ist das nicht ganz schön viel Aufwand? Das ist ja schon fast kein Zelt mehr – warum nehmen Sie nicht einfach eine Ferienwohnung?" Sophie schüttelte verständnislos den Kopf.

Sie konnte es nicht fassen. Da verreisten erwachsene Menschen Hunderte von Kilometern, um sich wie Kinder ein Büdchen mitten auf einer Wiese zu bauen. Sie schleppten Tische, Stühle, Matratzen, Decken, Kochgelegenheit und -utensilien mit und vegetierten wochenlang auf einer Wiese. Das war für Sophie schon seltsam genug, aber dieser Verrückte brachte sogar Auslegeware mit und bezahlte Geld dafür, sich alte Bretter auszuleihen, damit der Boden begehbar blieb.

„Die Menschheit teilt sich in zwei Gruppen – Camper und Weicheier", sagte der Alte, als wäre damit der Sinn der Welt erklärt.

„Ist ja gruselig, lass und schnell abhauen", flüsterte Sophie in Hannes Ohr. Doch der Nachbar war noch nicht fertig mit seiner Ausführung. Woher er das Zelt hatte und was es gekostet hatte, erzählte er stolz. Mit so einer Investition könne man vielleicht auch seine Gattin fürs Campen begeistern. Er bedachte Sophie mit einem Blick, den er für die Kategorie Weicheier reserviert hatte.

„Passt das denn alles in den Kofferraum? Ich meine, wir brauchen ja jetzt schon einen Jetbag", wollte Hannes wissen.

„Nein, natürlich nicht. Allein das Zelt wiegt 50 Kilo. Wir haben einen kleinen Anhänger, in dem nur das Zelt, die Böden und die Ausstattung drin sind. Alles andere transportieren wir im Auto."

Bevor er Hannes die Internetadresse des Händlers aufschreiben konnte, zog Sophie ihn aus dem Zelt.

„Wir müssen jetzt wirklich weiter packen. Schönen Urlaub noch." Bei so viel Fanatismus hatte Sophie es jetzt doch eilig, wegzukommen. Eine letzte Ferienwoche lag vor ihnen. In einem richtigen Ferienhaus, wie sich das in ihrem Alter gehörte.

Größer als nach drei Wochen Zelten konnte Sophies Freude über die Errungenschaften der Zivilisation kaum sein. Sie parkten ihren Wagen in der Einfahrt, vor einem kleinen, schmucken Strandhaus. Ein richtiges Haus, mit Mauern, Fenstern, einer Tür und einer Terrasse. Drei Schlafzimmer, eines für Kiki und Ellen, eins für Lea und Jan und eins für Hannes und sie. Dazu zwei Badezimmer mit separaten Toiletten und ein Wohn-Esszimmer mit Küche. Sophie schmiss sich auf das frisch bezogene Bett, suhlte sich darin herum, probierte die Toilette aus, die direkt neben dem Schlafzimmer lag. Sie ließ sich eine Badewanne ein und steckte die elektrische Zahnbürste in die Steckdose, die sie hier endlich wieder benutzen konnte. Es war fantastisch. Sophie schäumte sich ein und bekam das Grinsen gar nicht mehr aus dem Gesicht.

„Du bist ja eine richtig verzogene Prinzessin", scherzte Hannes.

„Ich dachte eher, das liegt am Alter. Aber wenn Du meinst, bin ich lieber eine Prinzessin. Gib es zu, Du genießt es auch."

„Mir hat beim Zelten nichts gefehlt, wenn ich ehrlich sein soll ..."

„Oh mein Gott, Du bist einer von ihnen!"

„Zöltöön, Eimertöllöttö, Grrrrr ..." grollte Hannes, wankte wie ein Zombie mit ausgestreckten Armen auf Sophie zu und griff ins Badewasser. Sie zog ihn zu sich heran und küsste ihn. Er stieg mit Shorts und T-Shirt zu ihr in die Wanne und sie küssten sich hingebungsvoll. Es war das erste Mal, seit der Sache mit Oliver.

Am Abend kamen Kiki und Ellen an. Wie sie sich auf ihre Freundinnen gefreut hatten! Jan und Lea wurden, wie bei jedem Wiedersehen üblich, mit Geschenken überschüttet und beschäftigten sich glücklich mit ihren neuen Sachen. Kiki, Ellen, Hannes und Sophie mixten sich Gin-Tonics, wie man es nur in einer Küche, aber nicht im Zelt, tun konnte. Eiswürfel, Hendricks Gin, Tonic Water, Gurkenscheiben. Sie setzten sich draußen an den großen Tisch und nahmen in den großen und bequemen Sessel Platz. Sopie fand es großartig, warme und trockene Steinplatten statt nassem Gras unter den Füßen zu spüren. Die Menschen hatten einen guten Grund gehabt, Häuser zu bauen!

„Hattet Ihr denn beim Zelten alles, was Ihr brauchtet?" wollte Kiki wissen.

„Ich finde schon, Ihr habt super eingekauft. Aber fragt mal unser Prinzesschen hier", frotzelte Hannes.

„Es fehlten nur ein paar Kleinigkeiten. Wände, Boden, Dach, Wasseranschlüsse, elektrische Lampen. Kleiderschränke und Betten vielleicht noch", referierte Sophie, „Menschen und Kleider gehören einfach nicht auf den kalten Erdboden. Auch dann nicht, wenn eine Plastikfolie zwischen ihnen ist."

„Sie hat geheult, wenn sie nachts aus dem warmen Schlafsack raus in die Kälte musste ...", berichtete Hannes.

Ellen und Kiki prusteten los. „Wir haben gewettet, nach wie vielen Tagen Ihr vom Zelt in ein Mobile-Home umzieht. Ich war mit zwei Nächten dabei, Kiki mit dreien. Dass Du die ganze Zeit durchhältst, hätten wir niemals gedacht."

„Es gab keine Mobile-Homes! Das ist ja das Entsetzliche!! Auf jedem Campingplatz in Italien gibt es Bungalows zu Hunderten. Aber ausgerechnet in Holland, wo es arschkalt ist und regnet, gibt es *nur* Stellplätze für Zelte und Wohnwagen!", krächzte Sophie. Kiki und Ellen hatten Tränen in den Augen und schüttelten sich vor Lachen.

„Bitte versprich mir, dass wir das nie wieder tun müssen", flehte Sophie Hannes theatralisch an.

„Früher fandest Du Zelten so cool, und auf einmal ist alles schlecht. Was findest Du daran denn plötzlich so schlimm?"

„Früher fand ich auch Ferien auf dem Reiterhof und Kaugummi aus der Tube cool. Wir sind nicht mehr zwanzig, Hannes."

„Und wirft der Arsch auch Falten, wir bleiben stets die Alten – von wegen!", kicherte Ellen.

„Ich gehe jedenfalls nie wieder Zelten. Pass auf, ich habe eine Checkliste geschrieben", sagte Sophie, stand auf, holte einen Zettel von ihrem Nachttisch und erklärte: „Wenn man mehr als einen Punkt mit Ja beantwortet, ist man Camping-ungeeignet. Das ist als ewige Warnung für mich selbst gedacht, damit ich nicht nochmal einknicke:

Frierst du leicht?

Schwitzt du leicht?

Duscht du gern täglich?

Hast du Rückenprobleme?

Hasst du Schnarchkonzerte von Fremden?
Musst du nachts raus?
Sitzt du gern auf bequemen Sesseln?
Hast du Angst vor Spinnen?
Hängst du Deine Kleider gern ordentlich auf?
Bleibst du bei Regen lieber drinnen?
Magst du Eis im Cocktail?

Jetzt mal ehrlich, kannst Du Dir einen Menschen vorstellen, der keine Frage mit Ja beantwortet?"

Kiki und Ellen bogen sich vor Lachen. „Hannes vielleicht und Chuck Norris. Aber Du ganz bestimmt nicht!"

Zwanzig

Je näher der Tag der Abreise rückte, ums angespannter wurde Sophie. Als sie am letzten Urlaubstag zu packen begann, war sie blass und schweigsam. Sie hatte ihr Handy absichtlich nicht mitgenommen und vier Wochen lang nicht mit ihren Eltern telefoniert. Was sie zu Hause erwartete, war völlig ungewiss. Sie dachte darüber nach, ob ihre Eltern endlich eine eigene Wohnung gefunden hatten. Ob Claires Wohnung wieder bewohnbar war. Und auch, ob Oliver sich gemeldet hatte. So gekonnt sie ihre Sorgen ausgeblendet hatte, nun stürzten sie erneut auf sie ein. Sie konnte nicht verhindern, dass die Tränen anfingen zu kullern.

„Angst vor zu Hause?" fragte Hannes, der plötzlich im Türrahmen stand.

Sie schluckte schwer. Gerade hatte sie an Oliver gedacht.

„Angst vor allem!"

Hannes seufzte und setzte sich neben die geöffneten Koffer und Reisetaschen aufs Bett.

„Weißt Du, ich sehe das so: Deine Eltern haben Dich zur Welt gebracht, Dich gewickelt und gefüttert, Deine Pubertät ausgehalten und Deine ganzen Launen. Mal abgesehen von den Kosten, die Du verursacht hast mit Klavierstunden, Reitunterricht, Urlauben, dazu die Klamotten, Nachhilfestunden, Führerschein und Geburtstagspartys. Das ist anstrengend, das muss man als Eltern erst mal schaffen."

„Mein Gott, das weiß ich selbst. Ich bin auch Mutter! Meinst Du damit etwa, wir sollen sie als Wiedergutmachung die nächsten achtzehn Jahre bei uns wohnen lassen?", heulte Sophie.

„So meinte ich das nicht. Aber irgendwie bist Du gerade dabei, etwas zurückzuzahlen – sonst hättest Du das wohl niemals auf Dich genommen. Zahltag. Verstehst Du, was ich meine?"

„Ich wollte ihnen wirklich etwas zurückgeben, das hat viel mit Dankbarkeit und Liebe zu tun gehabt. Aber sie haben es geschafft, dass ich es nicht mehr mit ihnen aushalte."

Hannes seufzte. „Vielleicht liegt es daran, dass Ihr immer noch die alten Rollen spielt. Du spielst die Tochter, und Veronika und Gerd spielen weiterhin die Rolle der Eltern, die bestimmen. Nimm das Zepter in die Hand. Das ist Dein Haushalt, Du bist der Chef!"

„Du verstehst das nicht. Ich will diesen Machtkampf überhaupt nicht kämpfen: Ich will sie loswerden. Sonst nichts."

„Ich glaube, Du übertreibst ..."

„Das tue ich nicht. Und falls Du Dich erinnerst, wir hatten darüber gesprochen, dass sie ein paar Wochen, allenfalls ein paar Monate bei uns bleiben."

„Was meinst Du, haben Deine Eltern damals genauso überlegt wie wir jetzt? Als Du alt genug warst, auszuziehen, aber noch nicht bereit dafür warst? Vielleicht sind sie jetzt noch nicht bereit."

"Du hast leicht reden. Ich bin den ganzen Tag mit meinen Eltern zusammen. Du siehst sie meistens gar nicht. Komm doch abends mal nach Hause, anstatt mit Thomas in Deinem blöden Musikkeller zu hocken. Dann verstehst Du wie das ist, so ganz ohne Privatsphäre. Wenn ich Deine Unterstützung wenigstens in dieser Sache hätte, dann gäbe es das Problem vielleicht tatsächlich schon gar nicht mehr. Aber ich muss ja wieder mal alles alleine hinkriegen."

„Gar nichts musst Du alleine hinkriegen." Ellen war hereingekommen und nahm Sophie, der die Tränen die Wangen herunterliefen, in den Arm. „Du hast doch unsere Unterstützung, und die von Hannes auch." Der ließ sich erleichtert über die Rückendeckung aufs Bett plumpsen.

„Und ihm tust Du auch gerade ein wenig Unrecht. Erst lässt er seine Schwiegereltern bei Euch einziehen. Das würde wirklich nicht jeder tun. Und jetzt soll er sie für Dich wieder loswerden. Das ist ein bisschen viel verlangt, meinst Du nicht? Stell Dir vor, es wären seine Eltern. Würdest Du das tun? Oder würdest Du ebenfalls sagen, dass es seine Aufgabe ist?" Die liebe Ellen! Sie konnte Unfrieden nur schwer ertragen.

„Mag sein, dass Du Recht hast, aber ich schaffe es nicht allein. Oder hast Du eine Idee, wie ich sie loswerde?"

„Indem Du redest. Du schaffst das, da bin ich ganz sicher." Ellen drückte Sophie zuversichtlich, aber eine Lösung hatte sie nicht.

Hannes schleppte ihr Gepäck und das von Kiki und Ellen in die Autos. Dann mussten die sechs sich schweren Herzens voneinander verabschieden. Lea und Jan sagten traurig auf Wiedersehen, sie trennten sich gar nicht gern von den beiden. Sophie ließ ihre Tränen einfach weiter laufen, und Hannes grinste tapfer, während Ellen ihm mit den Fingern über die Wange strich. „Ihr schafft das schon. Pass auf Sophie auf, und hilf ihr ein bisschen."

Die lange Autofahrt an den Bodensee lag vor ihnen, an deren Ende eine ungewisse Begrüßung stand.

Einundzwanzig

Als die Kowalskis ihr Auto vor der Garage parkten, öffneten Veronika und Gerd die Haustür und winkten fröhlich. Sophie rang sich ein Lächeln ab, als die Kinder auf ihre Großeltern zustürzten und in ihre Arme sprangen.

„Cool bleiben", flüsterte Hannes Sophie zu. „Schau sie Dir an, sie freuen sich total, uns zu sehen."

„Ich freu mich ja auch," flüsterte Sophie zurück, „und wenn sie noch immer keine Wohnung haben, warte ich mit dem Ausrasten, bis die Kinder im Bett sind. Versprochen."

Die Kinder hingen wie Kletten an ihren Großeltern und erzählten wild durcheinander. Gerd half, den Wagen und den Jetbag auszuräumen, während Veronika mit den Kindern ins Haus ging und begann, das Abendbrot vorzubereiten.

„Was habt Ihr denn Schönes gemacht, während wir weg waren?", fragte Sophie ihre Mutter und setzte sich auf die Küchenablage.

„Wir waren viel spazieren. Die Gegend ist ja wirklich herrlich. Lea, deckst Du bitte den Tisch?" Veronika füllte Antipasti in kleine Schüsseln, Baguette in den Brotkorb und drückte alles der Reihe nach Lea in die Hand, die zwischen Küche und Esszimmer hin und her lief.

„Und sonst?"

„Wir sind mit dem Boot rüber nach Romanshorn gefahren und einmal auf die Insel Mainau." Lea holte die Butter und den Schinken.

„Ihr wart nur Wandern und Bootfahren? Einen ganzen Monat lang?" Oliver, schoss es Sophie durch den Kopf. Sie würde wohl nie wieder an Bootfahren denken, ohne rot zu werden. Veronika plapperte unbekümmert weiter.

„Uns hat das gereicht. Das Wetter war so schön. Dein Vater und ich haben einfach viel draußen gesessen, gelesen und die Ruhe genossen, als Ihr weg wart."

Sophie konnte sich die Frage, die ihr auf der Zunge brannte, nicht länger verkneifen.

„Ihr habt in der Zwischenzeit doch bestimmt eine Wohnung finden können?"

„Nein, haben wir noch nicht."

„Habt Ihr denn gesucht?"

„Aber es ist doch perfekt hier bei Euch! Es gibt im Moment einfach nichts, was uns besser gefallen würde."

„Nichts besseres als drei Zimmer ohne Küche? Ernsthaft?"

Sophie brodelte innerlich. Vielleicht sollten sie als „Übergangslösung" in ein Altersheim ziehen.

Das Abendessen zog sich in die Länge. Die Kinder schnatterten immer weiter von dem tollen Urlaub, Hannes streute ein paar kleine Anekdoten ein, Veronika schmierte für die Kinder Butterbrot um Butterbrot und lächelte ihr unverwüstliches Lächeln, Gerd entkorkte die nächste Flasche Rotwein. Sophie trank ihn schweigend und beobachtete ihre Familie. Eine fröhliche Runde, Veronika und Gerd strahlten über das ganze Gesicht, plappernde Kinder, gutes Essen, drei Generationen an einem Tisch. Es fehlte nur noch ein Golden Retriever unter dem Tisch, dann wäre die kitschige Familienidylle perfekt. Alle schienen glücklich zu sein, nur sie nicht. Sie würde ohne Zögern auf eine Zyankali-Kapsel beißen, wenn sie eine zur Hand hätte.

Sie kippte sich das nächste Glas Wein in einem Zug runter, sagte Hannes und ihren Eltern Gute Nacht, weil sie schrecklich müde von der Fahrt sei und gab Lea und Jan einen Kuss. Im Schlafzimmer fiel sie fast über die überquellenden Reisetaschen voll Schmutzwäsche, die vor dem Kleiderschrank standen. Heulend legte sie sich ins Bett, lauschte den heiteren Stimmen, die von unten aus dem Wohnzimmer drangen und weinte mit brennenden Augen, bis sie in einen unruhigen Schlaf fiel.

Zweiundzwanzig

Keuchend schlug Sophie die Augen auf. Es war noch mitten in der Nacht, aber sie war mit einem Schlag hellwach. Ihr Herz raste. Das kam mit Sicherheit von der zweiten Flasche Rotwein, die sie gestern Abend noch geleert hatte. Die Enge in ihrer Brust und die Schweißtropfen auf der Stirn rührten aber nicht vom Alkohol.

Sie versuchte, ruhiger zu atmen und knipste die kleine Lampe an ihrer Seite des Ehebettes an. Leise, um niemanden zu wecken, stand sie auf. Sie ging runter in die dunkle Küche, goss sich im Schein des Kühlschranklichts Wasser in ein Glas und spülte damit zwei Paracetamol gegen die Kopfschmerzen herunter. So einen realen und finsteren Traum hatte sie noch nie gehabt, der Schrecken hatte sie noch immer im Griff. Sie hatte regelrecht spüren können, wie das Messer in ihrer Hand das Fleisch ihrer Eltern durchbohrte. Ganz leicht ließ es sich zwischen den Rippen hineinschieben. Erst ihre Mutter, dann ihr Vater. Sophie erschauerte und betrachtete noch einmal ihre sauberen Hände von beiden Seiten, um ganz sicher zu gehen, dass es nur ein Traum gewesen war. Sie schaute auf die Küchenuhr. In zwei Stunden würde es hell werden. Dann würde Jennifers Wecker klingen. So lange konnte Sophie nicht warten. Sie wählte die Meersburger Telefonnummer ihrer Freundin, die sie längst auswendig konnte.

„Ich bin´s", sagte Sophie leise.

„Sophie. Was ist los? Nein, lass mich raten, Deine Eltern sind immer noch da?" Sogar im Halbschlaf hatte Jennifer eine blitzschnelle Auffassungsgabe.

„Jenny, ich kann nicht mehr. Sonst würde ich Dich nicht um diese Uhrzeit anrufen."

„Weiß ich doch. Willst Du herkommen und Dich ausheulen?"

„Ausgeheult habe ich mich schon genug. Ich würde am liebsten herkommen und eine Weile bei Dir bleiben, wenn es geht."

Jenny seufzte. „Mich wundert ehrlich gesagt, dass wir dieses Gespräch nicht schon vor einem Vierteljahr hatten. Pack Deine Tasche und komm her."

„Ich kann nicht mehr fahren – oder noch nicht, wie man´s nimmt."

„In Ordnung, ich hole Dich. In zwanzig Minuten bin ich da."

„Jennny?"

„Ja?"

„Ich hab´ Dich so lieb."

„Ich Dich auch. Und jetzt pack Deine Sachen."

Leise schlich Sophie am Ehebett vorbei zum Kleiderschrank und knipste eine Taschenlampe an, um Hannes nicht zu wecken. Sie leerte die größte Reisetasche mit den Dreckklamotten vom Campingurlaub in eine Ecke, füllte die Tasche eilig mit sauberen Sachen und klemmte sich ihren Laptop unter den Arm. So bepackt lief sie bis zur Straßenecke und wartete in der lauen Spätsommernacht auf Jennifer. Ruhig lag die dunkle Straße vor ihr, es war völlig windstill, und die Fenster der Nachbarn waren dunkel. Auf der Bundesstraße, die in ihrer Hörweite am See entlangführte, fuhren um diese Zeit nur wenige Autos. Sophie fühlte sich plötzlich frei. Sie erinnerte sich daran, wie schön sie es damals als Studentin gefunden hatte, frühmorgens aus der Disco zu kommen und durch die stillen Straßen nach Hause zu laufen, wenn alle noch schliefen.

Jennifers Fiat 550C bog um die Ecke und hielt vor ihr an. Sie warf einen letzten Blick zurück zum Haus, als könnte die Haustür sich just in diesem Moment öffnen und jemand schauen, wo sie war. Doch die Haustür blieb zu. Sophie stieg auf den Beifahrersitz, und sie fuhren die wenigen Kilometer hinüber nach Meersburg.

Dreiundzwanzig

Als Hannes die Augen öffnete, war es bereits taghell. Die lange Fahrt hatte ihn doch ganz schön geschlaucht, und der Abend war lang und alkoholreich gewesen, nachdem Sophie vorzeitig ins Bett verschwunden war. Veronika hatte sich beim Zubettgehen wie üblich bereit erklärt, am nächsten Morgen die Kinder zu übernehmen, damit er und Sophie ausschlafen konnten. Aber sie war anscheinend schon aufgestanden. Er tappte ins Bad, stellte die Dusche an und wunderte sich über den schwarz-weiß gemusterten Duschvorhang, der ihm zum ersten Mal auffiel. War da früher nicht ein grüner gewesen? Er trocknete sich ab, wischte mit dem nassen Handtuch über den beschlagenen Spiegel und suchte nach der Mundspülung. Stattdessen fand er einen Briefumschlag, der an seinem Zahnputzbecher lehnte. Er mochte vielleicht trampelig sein, aber nicht blöd. Ihm war völlig klar, was der Brief bedeuten musste. Sein Magen krampfte sich zusammen, als er den Umschlag öffnete und Sophies Handschrift auf dem Zettel erkannte. So ein Mist. So ein riesengroßer Mist.

Sie konnte die Situation keinen Tag länger aushalten, und die Kinder wären bei ihm und den Großeltern ja vorerst bestens versorgt, bis entschieden war, wie es weitergehen sollte. Sie teilte mit, wo sie im Notfall zu erreichen war. Grüße und Tschüss.

Er zog sich an und polterte die Treppe runter. Gerd las Zeitung, Veronika war in der Küche.

„Sophie ist weg."

„Warum sollte sie weg sein?", fragte Gerd.

Hannes hielt ihnen den Brief hin, in dem sie in kaum lesbarer Schrift in wenigen Worten ihr Weggehen erklärte.

„Das ist doch typisch Sophie. Kurzschlussreaktion", meinte Veronika kopfschüttelnd.

„So kann man das glaube ich nicht nennen", antwortete Hannes.

„Wie denn sonst? Ihr seid doch frisch erholt aus dem Urlaub gekommen, wir saßen schön beieinander, sie betrinkt sich und haut völlig grundlos ab. Das nenne ich Kurzschluss. Oder hattet Ihr etwa Streit?"

„Sie hatte halt erwartet, dass Ihr eine eigene Wohnung habt, wenn wir wiederkommen. Sie ist verzweifelt, Veronika."

„Sollen wir jetzt etwa schuld daran sein, dass sie einfach so abgehauen ist?"

„Das habe ich doch gar nicht gemeint."

„Dann ist ja gut! Mach dir keine Sorgen, Hannes, sie wird schon wiederkommen, wenn sie sich beruhigt hat."

„Wenn Du meinst ..."

„Ich kenne doch meine Tochter. Fahr ruhig ins Geschäft. Ich kümmere mich gern um die Kinder. Ein, zwei Tage, dann ist sie wieder da."

„Danke, Veronika. Bis heute Abend."

Das Problem erledigte sich nicht von selbst. Und schon gar nicht schnell, wie Veronika gemeint hatte. Die Wochen gingen vorbei, ohne dass Sophie zurückkam oder mit Hannes sprechen wollte. Jenny holte an den Wochenenden für Sophie die Kinder ab, und war bei den meisten Unternehmungen mit dabei. Hannes ließ Sophie in Ruhe, weil er sie nicht unter Druck setzen wollte. Natürlich wünschte er sich, dass sie zurückkam und hätte sie gern angerufen. Aber er befürchtete, das Gegenteil zu erreichen, wenn er ihr nicht genug Zeit ließ.

Veronika war in dieser Sache keine große Hilfe. Sie verstand nicht, warum Sophie überhaupt weggehen konnte und war sich sicher, dass Eheprobleme dahinter steckten. Hannes hingegen begann so langsam zu begreifen, was sie dazu getrieben hatte, obwohl er seine Schwiegermutter nur wenige Stunden am Tag erlebte. Nach vier Wochen hielt er das Warten nicht mehr aus, doch seinen Anruf auf dem Handy beantwortete sie nicht. Als Hannes am Abend bei Jennifer anrief, erfuhr er, dass Sophie nicht da sei. Ausgegangen. Er solle es am nächsten Tag versuchen, wenn sie arbeiten würde – er wusste, sie würde mit ihrem Laptop an Jennifers Küchentisch sitzen, sich wahrscheinlich literweise Kaffee reinschütten und längst einen Plan für ihr neues Leben schmieden. Wenn das so weiterging, würde er sie verlieren. Hannes schlug mit der Faust auf den Tisch und zuckte bei dem lauten Knall selbst zusammen. Nein, das durfte und würde er nicht zulassen.

Doch Sophie verbrachte den nächsten Tag nicht arbeitend am Küchentisch, sondern machte frei und beschloss, den Tag in der Stadt zu verbringen. Sie hatte die vergangenen Wochen bis in die Nacht hinein gearbeitet, um sich von ihren Problemen abzulenken. Vor ihren Augen flimmerte es bereits, weil sie wie eine Besessene auf den Bildschirm gestarrt hatte. Die halbe Nacht in der Cocktailbar am Abend zuvor hatte auch nicht gerade zur Erholung beigetragen. Vielleicht schaffte sie es draußen in der Stadt, ihre Gedanken zu sortieren, um endlich eine Entscheidung zu treffen. Dafür musste sie erst einmal raus aus Jennys Wohnung, raus aus ihrem ewigen Gedankenkarussell. Sie musste sich überlegen, wie es nun weitergehen sollte. Es war sonnig und mild, und sie tauchte ein in die Menschenmassen in den engen Gassen der Meersburger Altstadt.

Sie setzte sich in ein Café an der Seepromenade und bestellte sich einen großen Milchkaffee. Für Cocktails war es noch etwas zu früh, auch wenn sie gern einen gehabt hätte. Doch sie wollte diese Trennung auf Zeit, oder was immer es war, nicht mit einem ausgewachsenen Alkoholproblem hinter sich bringen. So ein Pech, dass sie das Rauchen aufgegeben hatte, eine Zigarette wäre bei ihrer Stimmung passend gewesen. Aber sie wusste, dass ihr nur schlecht vom Rauchen werden und sie es in wenigen Tagen bitter bereuen würde, wenn sie wieder nikotinabhängig würde. Milchkaffee also und dazu zwei Schokoladencroissants anstatt Nikotin. Es war Mitte Oktober, aber man konnte noch immer problemlos draußen sitzen. Der Sommer ging in die Verlängerung, und mit ihm die Touristensaison.

Sophie mochte Meersburg immer sehr – das hatte sie zumindest gedacht. Doch nun sah sie sich um und stellte fest, dass sie Meersburg hasste! Na gut, die Stadt selbst war malerisch. Die alten Häuser schmiegten sich an den Hang, der direkt zum Bodensee abfiel, es gab ein altes und ein neues Schloss, Rebhänge ringsherum und eine Uferpromenade ohne Straßenverkehr, die von Schatten spendenden Platanen gesäumt war. Das war´s aber auch schon, mehr als diese oberflächliche Schönheit hatte der Ort nicht zu bieten. Es gab kein einziges richtiges Geschäft, stattdessen hundert Läden mit hässlichstem Ramsch: Tassen, Shirts, Regenschirme, Halstücher, Schlüsselanhänger und weitere Grausamkeiten. Warum nur ließ das Stadtmarketing eine derartige Verramschung zu? In den wenigen Bekleidungsgeschäften gab es Polyester-Kofferkleider, die nicht knautschten, Hosen und Oberteile, allesamt mit schrecklichen Mustern oder Blumen versehen. Der typische Schrott, den nur Touristen im Urlaub kauften, nicht die Menschen, die hier lebten. Die angebotenen Schuhe waren entweder orthopädisch oder aus den 90er-Jahren. Und dann die Gaststätten und Restaurants! Die meisten waren wahnsinnig schlecht eingerichtet, vollgestopft mit pseudo-antikem Kram oder beides. Die Bedienungen hatten schlechte Laune, was sie ihren Gästen auch deutlich zeigten. Verständlicherweise hatten sie die Nase von den Hunderttausenden Touristen gestrichen voll. Die Meersburger Touristen selbst empfand Sophie als das größte Übel der Stadt. Geschmacklos angezogen flanierten sie an der Uferpromenade entlang, aßen gebratene Felchen, kauften Tassen, Tücher und Schlüsselanhänger und machten Bootsfahrten zur Rentnerinsel Mainau. Ab zehn Uhr vormittags wurden Weinproben in den zahlreichen Lokalen angeboten, die ständig gut frequentiert waren, so dass ab Mittags eine Alkoholfahne durch die vollgestopften Straßen wehte. Fassungslos beobachtete Sophie eine Touristin, die auf sie zulief und keinen BH trug. Sie hatte sich erst langsam an die Treckingsandalen und beigefarbenen Drei-

Viertel-Hosen der Touristen gewöhnt, und nun das. Bequemlichkeit ging bei diesen Leuten offenbar vor Stil.

Im Winter hatten die Ramsch-Läden allesamt geschlossen, weil keine Touristen mehr da waren und die Meersburger ganz offensichtlich keinen Bedarf an Andenken hatten. Die Straßen waren wie ausgestorben, nur vereinzelt waren Einheimische draußen zu sehen. Sogar die Kneipen hatten bis auf wenige Ausnahmen geschlossen. Wenn man anstelle der Ramsch-Läden attraktive Geschäfte einziehen lassen würde, Schönes Porzellan, einige Kunstgalerien, Kleidung aus dem mittleren bis oberen Preissegment, ein paar richtig schicke Bars und Restaurants ... Dann müsste sich zwangsläufig auch das Publikum verändern, überlegte Sophie.

Sie konnte nicht nachvollziehen, dass eine Frau wie Jennifer in diesem Touristenkaff lebte. Sie passte überhaupt nicht hierher. Jenny war freundlich, gut gelaunt, hilfsbereit und hatte Humor. Sie kaufte sich ihre Klamotten absichtlich etwas zu klein, damit sie nicht bügeln musste, und das stand ihr ausgesprochen gut. Sie war groß, schlank, bildhübsch und hatte blonde lange Haare – im Prinzip wie in einer dieser geschönten Kontaktanzeigen, nur dass die Beschreibung bei ihr stimmte. Und sie hatte einen ausgezeichneten Sinn für Mode und Styling. Sie könnte ja einen Salon in Meersburg aufmachen – in dem *neuen* Meersburg ohne Ramsch allerdings, das sich die Snob-Sophie wünschte. Im Status quo gab es definitiv keine Klientel für solch einen Salon.

Sophie trank ihren Milchkaffee aus und ging zurück in die Wohnung. Da saß sie lieber zwischen Minitomaten und hängenden Erdbeeren auf Jennifers kleinem Balkon und verzichtete auf den in der Morgensonne glitzernden See. Es gab in ihrem Zustand wahrlich bessere Orte als Meersburg, um deprimiert zu sein.

Als sie wieder zurück in der Wohnung war, fand Sophie eine Nachricht von Jenny.
„Hannes hat angerufen. Tu das richtige. J."
Jenny hatte recht. Es war höchste Zeit, mit Hannes zu reden. Anstatt sich mit ihren eigenen Gedanken verrückt zu machen, würde ein Gespräch mit ihm vielleicht eher zur Klärung beitragen. Sie rief ihn in seinem Musikladen an. Er war hörbar erleichtert, dass sie sich endlich meldete. Auf Dauer konnte ihr Leben so nicht weitergehen, das war Sophie genauso klar wie Hannes. Doch während Hannes in seiner grenzenlosen Gutmütigkeit sicherlich hoffte, seine Frau würde möglichst bald wieder nach Hause kommen, wusste sie noch nicht, ob es eine gemeinsame Zukunft geben würde. Für sie gab es verschiedene Optionen, die sie in Gedanken immer wieder durchspielte. Würde sie ihr Abenteuer mit Oliver beichten, war es gut möglich, dass ihre Ehe beendet wäre. Sophie konnte sich kaum vorstellen, dass Hannes ihr verzeihen würde. Verschweigen wäre natürlich die bessere Variante. Doch würde er es irgendwann später rauskriegen, würde er sie hundertprozentig verlassen. Option Nummer drei wäre, sich von Hannes zu trennen und zu versuchen, mit Oliver glücklich zu werden. Alles Schwierige hinter sich zu lassen und noch einmal ganz von vorne anzufangen. Sie dachte an das Boot, den Sex und die Schmetterlinge im Bauch, die sie schon

wieder spürte, sobald sie nur an Oliver dachte. Sie war verliebt in diesen Mann. Aber all ihre romantischen Vorstellungen mit Oliver existierten nur ohne ihre Kinder.

Wie sie die beiden während der Woche vermisste! Sie konnte Jan und Lea doch nicht einfach einen anderen Vater als Hannes vorsetzen. Sie dachte daran, wie sie die Nase in Jans weichen Kinderhaaren vergrub und tief seinen Geruch einatmete, wie sie Lea über ihren zarten Kindernacken streichelte und ihre kleinen Händchen küsste, die noch immer ein wenig patschig aussahen, was Sophie so goldig fand. Sie musste und wollte zu ihren Kindern. Und ihre Eltern mussten weg.

„Wann kommst Du nach Hause?", fragte Hannes.

„Ich werde jedenfalls nicht ewig bei Jenny bleiben, und ihre Wohnung ungefragt zu meinem Hauptwohnsitz machen. So wie gewisse andere Menschen."

„Super, dass Du so rücksichtsvoll an Deine Gastgeberin denkst. Damit bist Du jedenfalls Deinen Eltern weit voraus." Die Pointe verfehlte ihr Ziel, die Stimmung aufzulockern. Bei diesem Thema hatte Sophie ausgelacht und war innerhalb weniger Sekunden wieder wütend.

„Dein Sarkasmus hilft uns nicht gerade weiter. Wann nimmst Du die Sache endlich ernst? Wann nimmst Du mich ernst?"

„Entschuldige, das sollte nur ein Scherz sein. Wenn ich ehrlich bin, kann ich es gar nicht erwarten, dass Du endlich wieder nach Hause kommst?", beschwichtigte er sie.

„Du sagt, dass ich wiederkommen kann. Dann sind meine Eltern also endlich ausgezogen?"

„Noch nicht, aber ..."

„So lange sie da sind, denke ich gar nicht daran wiederzukommen. Und ja, ich bin meinen Eltern weit voraus. Denn ich werde mir einfach eine Wohnung suchen." Sophie legte auf. Prima, suchten sie sich eben alle getrennte Wohnungen!

Auch ohne große Rechenkünste wusste Hannes, dass das auf Dauer nur finanzierbar war, wenn sie das Haus aufgeben würden. Wenn Sophie ernst machte und sich tatsächlich eine eigene Wohnung nahm, wäre er auch die Kinder los. Sophie und die Kinder eine Wohnung, Hannes eine Wohnung, Gerd und Veronika eine Wohnung ... Die Vorstellung war furchtbar.

Wenn seine Schwiegereltern hingegen weg wären, würde der Alltag mit den Kindern nicht mehr funktionieren, und sie *musste* wiederkommen. Zumindest, wenn sie bis dahin noch keine Wohnung für die drei genommen hatte. Es gab keinen anderen Ausweg.

Ja, er würde etwas unternehmen und wusste jetzt auch, was. Die Frage war nur, ob er es schnell genug schaffen würde.

Vierundzwanzig

„Sie wird nicht wiederkommen."

„Ist etwa immer noch keine Versöhnung in Sicht?" Gerd nahm einen weiteren Schluck von seinem Rotwein und stellte das Glas sachte auf dem Tisch ab. Veronika klapperte nebenan in der Küche und ranzte etwas von *übergeschnappt* und *unglaublich* vor sich hin. Sie beseitigte die Reste vom Abendessen und hatte nebenher damit begonnen, das Mittagessen für den nächsten Tag vorzukochen. Irgendwie war sie ständig mit Küche und Essen beschäftigt, wie Hannes erstmals auffiel.

„Von Versöhnung kann keine Rede sein. Es tut mir leid, dass ich es Euch so klar sagen muss: Sie wird nicht wiederkommen, so lange Ihr hier seid."

„Heißt es jetzt etwa wir oder sie? Willst Du uns rausschmeißen, Hannes?", giftete Veronika aus der Küche. „Erst dürfen wir uns um alles kümmern, die Kinder, den Haushalt, und dann sind wir plötzlich nicht mehr gut genug?"

Gerd saß traurig am Esstisch. Er strich sich seine graue Föhnwelle aus der Stirn und seufzte tief.

„Veronika, hör doch auf. Wir hatte ein harmonisches Zusammenleben geplant. Dass wir deswegen streiten müssen, macht diese Idee völlig sinnlos."

„Wenn ich nur daran denke, was wir alles für Sophie getan haben! Wir hätten sie niemals rausgeschmissen", bemerkte Veronika vorwurfsvoll.

Hannes runzelte die Stirn.

„Ganz ehrlich? Ihr hattet vor, mit uns zusammen zu leben, bis es Zeit für's Altersheim ist?", fragte Hannes.

„Das dachten wir, ja. Sophie meinte, wir können ohnehin nicht mehr lang allein leben. Sie wollte unbedingt, dass wir zu Euch an den See ziehen. Und als es sich dann so ergeben hat, dass wir in Euer Haus einziehen, dachten wir natürlich, das könnte so bleiben. Ihr habt genügend Platz, und es ist wirklich schön bei Euch. Wir sehen die Enkelkinder groß werden, wir können füreinander da sein ..."

Nun kam auch Veronika aus der Küche und setzte sich zu Hannes und Gerd an den Tisch.

„Sophie hat doch immer davon geredet, dass sie sich ein Zusammenleben der Generationen wünscht. Es gab am Anfang ein paar Missverständnisse, das ist doch normal. Aber ich weiß ja nun, dass ich in Eurem Teil des Hauses nicht herumräumen soll."

Hannes musste seinen Schwiegereltern zustimmen. Aus deren Sicht hätte es eine perfekte Wohngemeinschaft werden können. Verständlich, dass sie bei den ersten Schwierigkeiten nicht sofort aufgeben und ausziehen wollten. Außerdem hatte sich der Alltag der Köhlers seit Gerds Pensionierung sehr verändert. Er wusste mit der vielen freien Zeit nichts anzufangen, und Veronika ärgerte sich, dass ihr Mann bloß zu Hause herumsaß und Zeitung las. Beide waren darum froh und dankbar über die neue Familienkonstellation, in der sie neue Aufgaben übernehmen konnten. Sie mussten nun traurig einsehen, dass ihr Vorhaben gescheitert war. Schlimmer als das Scheitern war aber auch für sie, dass die Beziehung zu ihrer Tochter dauerhaft zerstört sein könnte. Es war die gleiche Sorge, die auch Sophie quälte.

„Es ist traurig, dass unser Zusammenleben nicht funktioniert hat – wenn ich mir meine Ehe anschaue, sogar dramatisch. Aber wir müssen den Tatsachen nun wirklich ins Auge blicken und ganz schnell handeln. Ich will Sophie zurück. Ihr müsst einfach mitspielen, sonst wird mein Plan nicht funktionieren", sagte Hannes. Sein Plan war gut. Veronika und Gerd waren dabei.

Veronika hatte sich vorgestellt, ein Haus in Claires Nähe in Tuttlingen zu nehmen. Doch Hannes hatte sich vehement dagegen ausgesprochen. Erstens ging er davon aus, dass Twohundredtwenty sich kaum um ihre Eltern kümmern würde, wenn das später wirklich notwendig werden sollte. Zweitens rechnete er nicht damit, dass Claire ewig dort bleiben würde. Die Infrastruktur für ein solches Vorhaben waren in Tuttlingen perfekt, aber wenn sie ihren Generator fertig gebaut hätte, würde sie vermutlich bald verschwinden – er kannte seine flippige Schwägerin nur zu gut. Vor allem aber war Tuttlingen zu weit weg von Sophie, denn er hatte die Hoffnung, dass sich zwischen ihr und ihren Eltern alles wieder einrenken würde. Sein Vorschlag für Veronika und Gerd war genial: Nach Meersburg waren es nur zwanzig Minuten Autofahrt; kurz genug, um sich schnell zu besuchen. Bis die drei sich allerdings versöhnt hätten, würde der Umzug seiner Schwiegereltern nach Meersburg noch einen anderen Effekt haben: nämlich Sophie von dort vertreiben – und zu ihm zurückbringen.

Letztendlich hatten Veronika und Gerd ihrem Schwiegersohn Recht gegeben. Sie fanden das malerische Meersburg wunderschön, und genügend Immobilien standen dort auch zur Vermietung zur Verfügung. Nun mussten sie sich nur noch auf eine davon einigen. Veronika wollte wieder in ein großes Haus ziehen, damit sie alle Möbel mitnehmen konnte. Gerd aber wollte unbedingt in die Wohnung mit Blick auf den See und die Berge ziehen.

„Wozu brauchen wir denn wieder ein großes Haus? Wir sind unseres in Gütersloh doch gerade erst losgeworden", sagte Gerd.

„Und wo sollen wir dann all unsere Möbel unterbringen?", fragte Veronika.

„Die Wohnung ist doch riesig. Was wollen wir mit mehr als fünf Zimmern? Alles, was dort nicht hineinpasst, brauchen wir nicht." Gerd hatte recht, wie Hannes fand, und darum mischte er sich in die Diskussion ein, um ihm beizupflichten.

„Ich mache Dir einen Vorschlag, Veronika: Ich stelle Euch einen, aber wirklich nur einen Kellerraum zur Verfügung. Darin dürft Ihr alles aufbewahren, von dem Du dich nicht trennen magst."

„Das ist eine ausgezeichnete Idee, so machen wir das. Wir nehmen die Wohnung, und basta. Schließlich bin ich inzwischen den ganzen Tag zu Hause, genau wie Du", bestimmte Gerd.

Und so fuhr kurz darauf wieder einmal ein Möbelwagen vor dem Haus der Kowalskis vor. Veronika stemmte die Hände in die Hüften, als der LKW vor der Garage parkte. Sie war tatendurstig und bereit, den Möbelpackern Anweisungen zu geben, was aufgeladen werden und welche Möbel im Haus bleiben mussten. Wenn sie ehrlich war, machte es ihr sogar Spaß. Und die Aussicht auf das Beziehen der schönen, großen Wohnung brachte ihre Wangen zum Glühen. Sie würde lange mit Einräumen und Dekorieren beschäftigt sein und es dieses Mal ganz besonders auskosten. Zur Mittagszeit waren die Möbelpacker fertig. Hannes verabschiedete sich von seinen Schwiegereltern und ging ins Haus.

Der viele leere Raum war nun ein ungewohntes Gefühl, jedoch ein sehr gutes und befreiendes. Erst jetzt spürte er, wie eng es zuvor gewesen war. Er selbst war nicht besonders empfindlich, aber für Sophie musste es geradezu beklemmend gewesen sein.

Als Veronika und Gerd weg waren, merkte er, wie allein er tatsächlich war. Hannes hatte sie vom ersten Tag an vermisst, aus diesem Grund wünschte er sich schließlich die ganze Zeit, dass sie zurückkäme. Aber mit den Kindern und den Schwiegereltern war immer so viel Trubel um ihn herum gewesen, dass er seine Einsamkeit nicht bemerkt hatte. Dann musste er los, die Kinder von der Schule und vom Kindergarten abholen. Den Musikladen überließ er am Nachmittag seinen Mitarbeitern, und machte sich sofort an die Arbeit. Ihr das Haus zu zeigen, war ein guter Anlass, sie einzuladen. Doch dann musste alles perfekt sein, und dafür würde er ein paar Tage brauchen. Er hatte nicht damit gerechnet, dass Sophies Nähe ihm dermaßen fehlen würde. Es war trostlos ohne sie. Es war Zeit, sie nach Hause zu holen, auch wenn er keine Ahnung hatte, ob sie das überhaupt noch wollte.

Fünfundzwanzig

Wie eine Fremde klingelte sie, anstatt ihren Haustürschlüssel zu benutzen. Angespannt gab sie ihm die Hand und folgte ihm ins Haus. Der Flur sah wieder aus wie vor der Invasion. Hannes führte sie als erstes nach unten. Die Tür zum größten Kellerraum war verschlossen, am Türrahmen klebte schwarz-gelbes Absperrband mit der Aufschrift *police line do not cross*.

„Das ist der Köhler-Keller, schau besser nicht rein", flüstere Hannes verschwörerisch und vergewisserte sich mit einem verstohlenen Seitenblick, dass Sophie über seinen Absperrband-Witz lächeln musste.

Der Waschkeller war picobello aufgeräumt. Waschmaschine, Trockner, Regale – man konnte alles bestens erreichen, sogar die Kisten in den Regalen waren fein säuberlich beschriftet. Es war ordentlicher als vorher.

Im dritten Kellerraum waren die Wände schwarz gestrichen und mit riesigen Postern verziert. Hannes' E-Gitarren und der Verstärker lehnten an der Wand. An der gegenüberliegenden Wand lag eine Matratze mit Decken auf dem Fußboden, ihr alter Getränkekühlschrank stand in einer Ecke und in der Mitte stand ein Schlagzeug.

„Ich habe beschlossen, ab sofort mehr zu Hause Musik zu machen statt mit den anderen im Laden rumzuhängen – wahrscheinlich wären Deine Eltern viel früher ausgezogen, wenn ich mehr Krach gemacht hätte", scherzte Hannes. Doch die lustige Bemerkung war als Versprechen gemeint: Er wollte mehr Zeit zu Hause mit der Familie verbringen. Sophie lachte leise, es klang wie ein Ausatmen.

„Komm, lass uns rausgehen." Er schnappte sich eine kalte Flasche Sekt aus dem Kühlschrank, klaubte zwei dicke Decken von der Matratze und ging voran.

Auf der Terrasse hatte sich nichts verändert. Die Gartenmöbel, die sie zum Einzug gemeinsam gekauft hatten, hatte Hannes noch nicht für den Winter in die leere Garage geräumt. Sie setzten sich auf zwei gegenüberstehende Sessel und wickelten sich die Decken eng um die Beine. Es war eisig kalt.

„Erinnerst Du Dich eigentlich noch daran, warum Du Dich in mich verliebt hast?", fragte Hannes. Es war die passende Stimmung für eine solche Frage, und wenn er einen Vorstoß wagen wollte, war jetzt der richtige Moment.

„Du warst das Gegenteil von meinen Eltern. Es war Dir sowas von scheißegal, was andere über Dich dachten. Das hat mir imponiert", antwortete Sophie. „Und was war's bei Dir?"

„Ich wollte das vor dir eigentlich verheimlichen, aber jetzt kann ich es dir ja sagen: Ich wollte eine Großfamilie. Kannst Du dir vorstellen, was für eine Pleite das jetzt für mich ist?"

„Du Idiot!"

Hannes seufzte und machte eine kleine Kunstpause. „Du willst wissen, warum ich Dich liebe? Du lachst viel. Du hast Fantasie, Du hast immer irgendwelche verrückten Ideen. Manchmal machst Du einen auf Femme Fatale, das finde ich scharf. Manchmal kannst Du auch kumpelhaft sein, und manchmal sogar zerbrechlich. Deine Haut riecht irgendwie nach Schokolade und Pfeifentabak. Du hast genau die richtige Größe. Ich wollte Dich sofort mit nach Hause nehmen, als ich Dich das erste Mal gesehen habe und habe mir gewünscht, dass Du meine Kinder zur Welt bringst", murmelte er leise und schaute dabei auf den Fußboden. Ein dicker Kloß löste sich in Sophies Hals, sie begann kehlig und laut zu schluchzen.

„Ich habe alles versaut", stieß Sophie hervor. Sie kauerte auf dem Sessel, umklammerte ihre Beine und presste ihre Stirn auf die Knie. Ihre Augen brannten, ihre Lunge krampfte sich bei jedem Schluchzen zusammen. Hannes saß ihr schweigend gegenüber. Er hätte sie gern getröstet, doch er verharrte wie festgefroren in seinem Sessel und hielt die Sektflasche fest, die seine Hände noch kälter machte. Nach einer Ewigkeit konnte Sophie endlich aufhören zu weinen, starrte leer vor sich hin und fixierte ihre Zehen.

„Ich habe jemanden kennengelernt", flüsterte sie tonlos.

„Das habe ich befürchtet."

„Wie meinst Du ...?"

„Ich habe Dich nie mit ihm gesehen, falls Du Dir deswegen Sorgen machst. Aber ich habe gespürt, dass Du an jemand anderen denkst. Vor unserem Sommerurlaub."

„Warum hast Du nichts gesagt?"

„Weil ich so schrecklich Angst hatte, Dich zu verlieren, wenn ich etwas Falsches sage oder tue."

„Oh mein Gott."

Als Sophie nach einer endlosen Weile Hannes anschaute, sah sie verwundert, dass er ebenfalls weinte. Stumm liefen die Tränen seine Wangen hinunter und hinterließen eine nasse Spur in seinen langen Bartstoppeln. Wie gern würde sie das alles jetzt ungeschehen machen, allein damit Hannes aufhörte zu weinen. Sie schauten sich lange schweigend in die Augen. Dann löste Hannes seine eiskalten Finger von der Sektflasche und drehte am Draht. Der Korken löste sich mit einem lauten Knall.

„Auf uns", sagte Hannes und nahm einen tiefen Zug direkt aus der Flasche. Dann reichte er sie Sophie. Der Sekt war herb und schmeckte nach Kork, aber es war ihnen egal. Sie tranken ihn trotzdem weiter. Dann begann es zu schneien.